地獄烽火
地獄系列
第六部
6

自序

二〇〇八年的開始，我的人生就往前跨了一大步，結婚了。

來自花蓮的親愛的，與來自彰化的我，決定跨過高聳的中央山脈，廝守終生。工作依然忙碌，中間還去了一趟大陸，與結婚的瑣事糾纏在一起，才忽然明白，原來人生可以這樣充實緊湊。也才明白，原來這就是人們口中，最獨特的三十歲。在這一年，所有的人生大事都推上了軌道，忙碌之外還是忙碌，卻也學會了在這些忙碌中，珍惜每份得來不易的幸福。

幸福，包括了愛情的開花結果，包括了家人的聚會與他們的祝福，還有透過寫作文字與讀者們有趣的互動。

這年，接了幾場小小的演講和簽書會，站在講台上和同學和讀者說話，忽然有種奇妙的感覺。「啊，底下這些小毛頭，將來可能都成為文學與創作的一方之霸。」就像當年我第一次表演工作坊表演結束謝幕，我內心那激烈的震動。創作這條路高手輩出，新舊世代激烈交替，正是強者匯聚的地方，而前方，永遠有更厲害的人留下足跡，讓我不得不往前邁進欲罷不能。

很榮幸，二〇〇八年，我仍走在創作的這條路上。

Div

前情提要

城隍廟內，黑色羅剎王魔臨天下，先斷城隍的打鬼棍，再破默娘的無我澄海，終於將鬼王鍾馗給逼了回來。鍾馗的一份堅持，究竟會換來什麼樣的結果？是讓他們三人一同葬生在羅剎王的手下？還是扭轉敗局，在絕望中殺出一條橫屍遍野的荊棘血路？

另一頭，小飛俠和飛行武僧兩人攜手硬闖「生門」，卻慘遭紅心老K曹操伏擊，武僧以生命，換來小飛俠振翅遁逃的機會，小飛俠能平安把消息帶回給白榜群豪嗎？還是如曹操所說，終究會折命在半路之上？

阿努比斯孤身闖台北陽明山，一場硬仗之後，收服了龍之九子中的狻猊，接下來他還會遇到誰？龍之九子究竟還有什麼厲害手段？阿努比斯的宿敵小丑，又會搞出什麼可怕的害人花樣？

法咖啡在黑暗中所遇到的怪異男人又是何方神聖？而法咖啡究竟會有什麼樣的奇遇？

最後，少年H與象神激戰在新竹大霧中，卻從此消失了聲息，只留下滿臉淚痕的貓女，到底濃霧中發生了什麼慘事，讓貓女喪失了神智，連狼人T都差點被她摘下頭顱？

請看，地獄系列第六部《地獄烽火》。

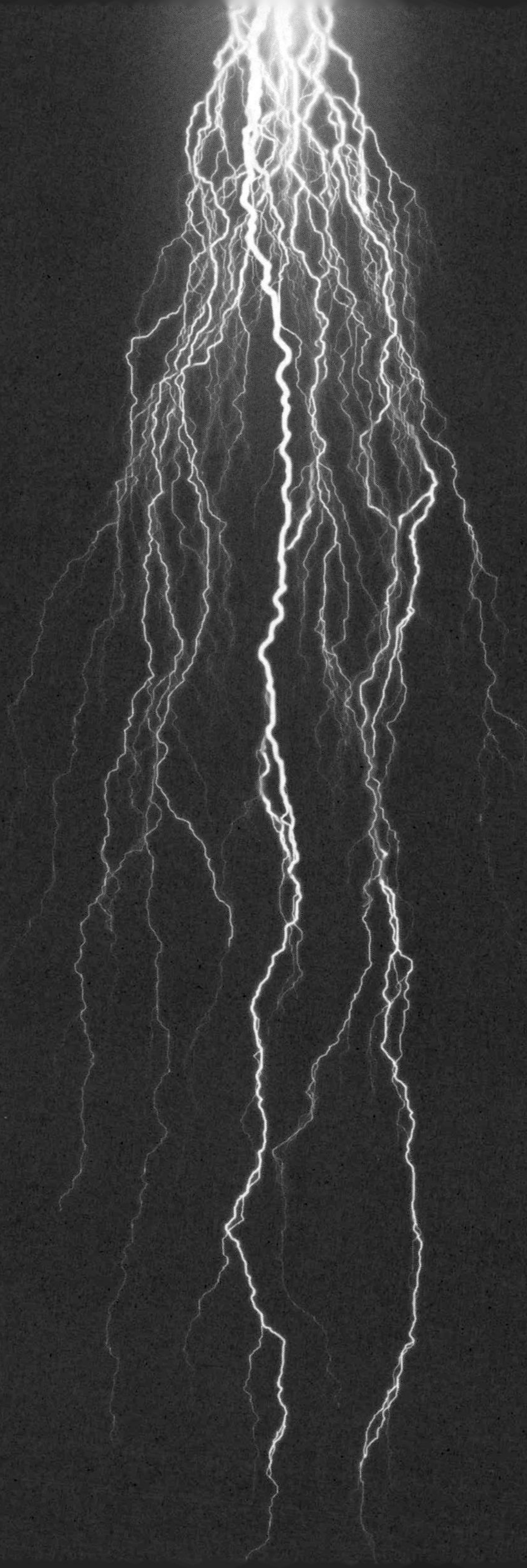

地獄烽火

目錄

第一章《象神的祕密》

象神祂源自於古老印度神話，是濕婆大神的兒子，孔雀王的哥哥，論武力雖然不如孔雀王這樣驍勇善戰，卻展現了印度文明的另一種特質：智慧。

關於象神的智慧，有一則小故事可以印證。

某日，濕婆找來兩個兒子，對他們說：「我想知道，你們之間誰能以最快的速度，環繞世界一周。」

「當然是我！」只聽到孔雀王大叫一聲，人已經消失了蹤影。

因為他已經迫不及待的展開雙翅，在天空中遨遊，眨眼間，祂就飛過了喜馬拉雅山，消失在茫茫的天空雲海中。

但，望著風馳電掣的弟弟的身影，身為哥哥的象神，卻只是掛著微笑，負著手，一動也不動。

「象神啊，你弟弟都出發這麼久了，你為什麼不趕快追上去呢？」濕婆單手撐住下巴，看著象神。

象神微笑不語，只是慢慢的繞著濕婆走了一圈。

「喔？你這是？」

「呵呵，在我們印度文化中，父親代表世界，而濕婆大神您更是整個世界的代表，所以，我繞著您走一圈……」象神眼神中，閃爍光芒。「不就等於繞了世界一圈嗎？親愛的父親。」

濕婆聽完，撫掌大笑，從此更對象神委以重任，成為濕婆軍團的首席戰將。

不過，翻開印度神話紀錄，更有趣的部分，卻不只是象神的智慧，而是象神的頭部，為什麼是這樣奇特的形狀呢？

這故事，則要追溯到象神最敬愛的父親，濕婆了。

新竹——

瘋狂的大霧，籠罩住少年H。

貓女目睹少年H義無反顧的走入了濃霧之中，少年H最後一句遺言透露出他對象神絕招的訝異。

「你、你竟然做了這樣的事？」少年H的聲音不再像往常那樣輕鬆如意。

然後，霧散開。

貓女目睹了她三千多年漫長的妖界旅途中，最不願意見到的畫面。

屍體。

少年H的屍體。

冰冷而悲傷的屍體，正直挺挺的躺在地上。

「啊啊啊啊！！」貓女發出連大地都會震動，連天空雲朵都會碎裂的尖叫，抱住了少年H。

接著，就是狼人T的到來……以及一場混亂而瘋狂的戰鬥。

狼人T認出貓女之後，靠著自己心臟幾乎無敵的靈力，硬是擋住了貓女勢若瘋虎的一擊，更聽到了貓女所帶來的，驚天動地消息。

「H，死了。」

「別傻了！H那小子的實力多強妳又不是不知道！他、他怎麼可能被那勞什子的……象神給打敗？」狼人T話雖如此說，卻難掩聲音中的顫抖。

「可是，我親眼見到了H小子的屍體。」貓女把臉埋在狼人T寬闊的胸膛中，淚水不斷湧出，濕透了狼人T胸口的長毛。

在這個心碎的時刻，貓女不再是縱橫地獄人間的暗殺女王，只是一名需要強壯胸膛的悲傷小女子。

貓女驚慌失措，緊抓狼人T的胸口，不斷的哭著。

「別、別哭了，妳說，妳親眼見到H的屍體？」狼人T控制著自己的聲音，努力不要發抖。「在哪？」

「在，東門城下。」

東門城下，當狼人T走至，也不禁一聲喟然長歎。

地上躺著的，不是H小子是誰？

冰冷，絕望，沒有半點人氣的少年H，緊閉著眼睛，橫躺在地上。

「真的沒有生氣了。」狼人T頹然坐在地上，「該死，該死，該死！還是慢了一步啊！」

說完，狼人T的一拳，狠狠轟在東門城中。

破碎的磚瓦和紛飛的灰塵，如同一陣灰色朦朧雨，落滿了狼人T的身體，英雄不再，如今只剩一隻失落的憂傷之狼。

「狼人……」貓女站在狼人T的背後，同樣感到辛酸。

她可以感覺到狼人T內心的悲憤，畢竟，H是多麼令人喜愛的人物啊。

可是，悲傷過後，狼人T的表情卻變了。

「是誰？」狼人T的背影，傳來冰冷而令人膽寒的低沉嗓音。「是誰殺了H小子？」

「啊……」貓女聽到狼人T發問的聲音，驚愕的抬起頭來，因為這次，連擅長暗殺的貓女，都感到背脊一陣戰慄。

這是怒氣？

這是狼人T的怒氣？

為什麼，自己從來不知道，狼人T憤怒起來是這副可怕模樣？這就是少年H說的，因為溫柔，所以強得無敵的狼人T嗎？

「是．誰？殺．了．少．年．H？」狼人T的一字一句，頓點清晰，展現縱橫荒野狂狼的霸氣。

「象神。」

「象神？」

「濕婆四大刺客的首席智囊，也是孔雀王的哥哥。」

「很好。」狼人T站了起來，雄偉的身軀擋住了陽光，渾身殺氣暴湧擴散，方圓數尺內彷彿結冰。「這樣就夠了。」

「嗯。」

「我會提著象神的頭，來祭拜H。」狼人T慢慢走向了霧的另一頭，而在背後的貓女，卻忍不住揉了揉眼睛。

「白色？」貓女困惑的歪著頭，「是我哭多眼花了嗎？為什麼，我覺得狼人T身上的毛，好像變成了……好悲傷的白色？」

只是貓女並不知道，當狼人T消失在濃霧中，另一個人，卻即將出現。

一個曾經與貓女有瑜亮情節，同為黑榜大妖的魅惑高手。

新竹，交通大學外頭那尊土地廟前——

九尾狐正慵懶的靠在樹旁，戴著墨鏡，姿態優雅，似乎正等著人。

「欸，廟裡面那個。」九尾狐順了順自己的黑髮，忽然高聲說道，「只是拿罐飲料而已，不用那麼久吧？」

「等等啦。」廟中傳出了一個男子痞痞的聲音，「奇怪，我記得那罐仙草蜜我藏在桌腳啊，怎麼不見了？」

「什麼！不見了？」九尾狐忍不住回頭，映入她眼簾的，卻是塞滿整座小廟的奇怪雜物，除了整箱整箱的仙草蜜，還有一堆陳年的准考證，幾本翻爛的海賊王漫畫，還有一台始終處於開機狀態，只差沒有冒煙起火的電腦。

最誇張的，是吊在門邊，搞不清楚幾年沒洗的深黃色內褲。

「欸，笨蛋蚩，你嘛拜託一下，自己住的小廟，可不可以整理一下，怎麼來新竹短短幾年，就把自己的屋子搞成這樣？你……你簡直跟宅男沒兩樣啦。」九尾狐畢竟是女生，看到化身為土地公的蚩尤，住的地方如此混亂，忍不住嚷了起來。

「哎啊，妳又不是不知道。」那個聲音，此刻正從廟中一對廢物堆中傳了出來，「所謂的入境隨俗嘛，新竹可是宅男的故鄉，清交兩校宅中之王，人稱『大宅門』是也，有句諺語說『一入大宅門，從此不出門』，正是最好的寫照，更是愛家的極致表現……」

「好好好，油嘴滑舌。」九尾狐往廟中踏了一步，眉頭皺起。「既然你不愛整理，我就來幫你一把吧。」

「幫我？咦？」土地公聽到這裡，抬起頭來，臉上滿是驚恐。「小狐，妳、妳不要衝動，不要……」

「衝動？我這不叫衝動……我叫做，看了就不爽啊！」九尾狐的話還沒有說完，她的背後，就升起了數把尾巴，炙熱燙手的是火尾，水浪滔滔的是水尾，閃爍金屬光澤的是金尾，如岩石般氣勢雄壯的是土尾，還有，十人合抱的巨大樹幹，是威風凜凜的千年木尾。

八條尾巴，同時現身，不用說，這正是九尾狐的頂級功力。

就連殺敗曼哈頓獵鬼小組的J，以及在星巴克和少年H第一次交手，九尾狐都只出動了四條尾巴。

如今，一次亮出所有的王牌，誰說九尾狐不衝動？

「一、二……七、八……八條尾巴！」土地公吃驚的從廢墟中爬起，拍掉自己頭上的蜘蛛網，甩掉還掛在肩膀上的黃色內褲。「小狐乖，不要衝動，真的，這裡小廟筋骨鬆散，鋼筋偷工減料，承受不住妳全力釋放妖力的，寶貝，不要！真的！」

「我，最討厭，男生，把，自己的宿舍，弄得，跟垃圾堆，一樣了，還有，你的內褲，是怎麼回事？為什麼不洗啊啊啊——」九尾狐身後的八條尾巴，開始急速旋轉如同八彩風車般蕩漾著驚世駭俗的力量，隨著每次轉動，力量就積聚了一倍。

而且，土地公比誰都清楚，只要這座八尾風車一停止轉動，九尾狐的力量，就會如同積蓄百年的水庫洩洪，夾帶千萬噸滾滾黃水，直接把小廟沖成粉碎。

「小狐！不．要．衝．動。」土地公伸出手，卻來不及阻止這一切。

因為，九尾狐的尾巴停了。

風車不轉了。

然後，水庫的門，就這樣被暴放的水，給炸開來了。

九尾狐狂暴的力量盡情釋放，無愧為黑榜十六妖中的鑽石皇后，更無愧擾亂中國歷代的首席大妖，她力量毫不留情化成一條條粗大尾巴，夾著滾滾氣勢，直轟向小廟。

可是，意外的事發生了，小廟竟然只是輕輕晃了一下，卻沒有半塊磚瓦落下。

而小廟的周圍，不知何時籠罩在一片銀色的妖氣下。

這片純銀妖氣雖不起眼，內涵卻異常驚人，巧妙抑制起九尾的八條尾巴，讓她難以寸進，更難得的是，妖氣的操縱者技巧高明，銀色妖氣展現豪華氣勢，卻只是護住小廟，不反撲九尾狐。

只是在兩股巨大力量的拉扯下，磚瓦仍忍不住發出卡啦卡啦的顫動，偏偏，就是一塊也沒有被震落。

這股銀色妖氣的主人，不用說，當然是剛剛從廢墟堆爬出來，肩膀上還掛著一條黃色內褲的，土地公。

「先天妖氣!?」九尾狐嘟著嘴，「笨蛋蚩，你的妖氣一點都沒有減弱啊!」

「當然，這百年來我雖然遊手好閒，可是可沒荒廢掉一點力量，不過看妳這麼生氣，難怪有人說，女人最受不了男生的房間髒亂，還有男生太宅。」土地公嘻嘻笑著，右手高舉。「不過拜妳的力量之賜，我還真的找到它了。」

「咦?你找到了?」

「是的。」土地公眼睛瞇起，看著手上這罐仙草蜜，此刻土地公的眼神，彷彿又回到了當年涿鹿之戰前夕，他的眼光橫掃千萬妖魔大軍的王者之氣。

仙草蜜，這綠色的易開罐，在陽光下閃爍著耀眼的光芒。

「這罐飲料，就是當年我和聖佛打完之後，所答應他的一件事，把力量封印在飲料裡面，不再打開，更不再喝下。」

「如果……如果你把飲料喝下，會發生什麼事？」九尾狐忍不住問道。

「會發生什麼事啊……」土地公向來滿不在乎的表情，忽然閃過一絲愁苦和擔憂。「妳，猜猜看。」

九尾狐想起聖佛的形象，那沉默而莊嚴的面容，還有祥和卻又殘忍的金色靈波，九尾狐搖了搖頭。「……我不敢猜。」

「那一件事，是非常可怕的。」土地公冷冷的說，「只要我喝下這罐飲料，甚至任何人喝了，都會發生的一件恐怖大事。」

「什麼……什麼事？」九尾狐感到背脊微微發涼，當年地獄至尊無上的聖佛，與橫霸天下黑榜帝王所訂下的盟約，究竟有多麼駭人！

「那件事……就是……」土地公的聲音拉低拉長，綻放著紅光的雙眼，不斷往九尾狐的臉靠近。「只要喝下這罐上百年的仙草蜜，那就會……」

「那……就會？什麼？什麼啦！」九尾狐雙手環住自己的肩膀，試圖壓抑從背脊湧上來的驚駭感。

「就是……」土地公眼中的紅光突然停了，嘴角揚起，咧嘴笑了。「**會，拉肚子。**」

「咦？」九尾狐一愣。「拉……拉什麼？」

「還要我重複一遍嗎？會拉肚子啊。」土地公眼神中冷峻的紅光消失，取而代之，是他嘻皮笑臉的本色。「一罐好幾百年的仙草蜜，開玩笑，一定超過保存期限啦，誰喝誰拉，保證腸胃清潔溜溜啦。」

「你……你……」剛剛被嚇得臉色發青的九尾狐，此刻的表情不再青筍筍，而是逐漸提升的漲紅怒意。「都什麼時候了，你還，開玩笑？！」

隨著九尾狐逐漸暴怒的臉，她的背後，又再度冉冉升起八條，帶著凜冽殺氣的尾巴，如同八條致命響尾蛇，同時從草叢中昂頭，瞪視著眼前的罪該萬死的獵物。

這個獵物，剛剛才逃過一劫，名字，就叫做土地公。

「等等，等等……不要再來了啦。」土地公往後跳了兩步，雙手張開，試圖要護住背後的小廟。

但，這次，真的遲了。

九尾狐背後的八條尾巴同時往前探出，如八條震怒的響尾蛇同時竄出，色彩斑斕的五行妖力，直直撞上了小廟。

散了。

小廟還是，散了。

兩扇木門往兩旁飛開，磚瓦密密麻麻墜點藍色天空，樑柱脆成兩半，然後又被妖力一衝，變成一蓬木頭屑末。

這些小廟遺骸飛上天空的時候，卻有個人坐在正騰空飛行的木柱上，他苦著臉，嘴裡唸著。

「哇，屋子被拆了，下次要找誰來蓋呢？去地獄拉魯班好了，他因為自己創造的工具害死了老爸老媽，現在應該還在第五層服刑，專門替監獄蓋房子吧，找他來好了，屋子鐵定堅固的。」土地公一邊說著，一邊坐在木樑上，順手就替仙草蜜拉開了拉環。

啵的一聲。

仙草蜜的清柔香氣，緩緩的飄了出來。

其中，更夾帶著不屬於仙草蜜本身，豪放而原始的，先天妖氣。

「如果魯班不來，就等安藤小雄好了，不過他走的是日式新潮前衛極簡風，不知道會把我這座廟搞成什麼樣子。算了算了，不想了。」土地公聳肩，「還是先來喝這杯仙草蜜吧！」

濃霧中，土地公的右手舉起仙草蜜，舌頭舔了舔嘴唇，要好好品嚐這罐比女兒紅還要年老的老仙草。

可是……

奇怪的是，土地公舉起了仙草蜜，意外的，這罐頭卻沒有滴下半滴的仙草。

整罐仙草蜜彷彿被一股無形而巨大的力量給夾住，停在半空中，動也不動。

甚至，土地公鬆開了五隻手指，這罐仙草蜜，還怪異的浮在半空中。

而且，土地公的手臂上，竟然慢慢浮出五條狠辣的指印，而一股從四面八方飄來，濃到不合乎常理的白霧，正緩緩的積聚了過來。

「喂。」土地公的眼神瞇起，兇狠而銳利，看著自己的手臂和周圍的濃霧。「九尾狐，妳還在嗎？」

「幹嘛？」九尾狐停止了攻擊，細長的中國單眼皮眼睛，早就收起了剛才無理取鬧的恙怒，取而代之的，是隻手翻天的銳利與精明。「我先說喔，那白霧手印和飛在空中的仙草蜜，可不是我搞出來的。」

「嘿嘿，我知道。」土地公眼神越瞇越深，令人膽寒的殺氣，也隨著細如長縫的眼眸內，射了出來。「我叫妳名字的原因只有一個……」

「喔？那幹嘛？」九尾狐懶散的回應，彷彿不把土地公遭逢強敵這件事，當作一回事。

她的慵懶，來自於她對土地公絕對的自信，因為她知道，綜觀地獄和人間，能夠傷到土地公本尊分毫的高手，恐怕不到五個人。

「今晚，我們有象肉大餐可以吃了。」土地公站起，背後冉冉的銀色妖氣，威勢直達天際，連覆蓋新竹的白霧都被這妖氣撞出大洞。

今晚，我們有象肉大餐，可以吃了。

只見天空的濃霧不斷從四面八方匯湧而來，在空中形成一個滾滾的巨大漩渦。

漩渦中心，傳來一股令人耳膜震動的莊嚴聲音。

「吾人正是象神，霧就是我力量的化身，在我的霧裡沒人能逃過我的眼睛。」象神的聲音智慧神聖，宛如神音。「你身上有股異常的力量，就在那罐仙草蜜中，我絕對不會讓你喝下它的。」

土地公仰著頭，看著頭上那團兇猛而駭人的漩渦，幾秒後，他笑了。

嘴角輕揚，帶著邪惡的霸氣，笑了。

「空中漩渦？想裝神啊……你不知道，在幾千年前，老子我在涿鹿之戰時……」土地公握住拳頭，指關節發出清脆的卡卡聲。「**什麼滿天諸神？全部都只是我的早餐而已啊。**」

關於象神頭顱的故事很多，其中一個最有名的版本，卻是跟濕婆有關。

象神其實在剛出生的時候，是一名可愛而正常的嬰兒，更是濕婆與雪山女神愛的結晶，這位雪山女神的力量雖然沒有濕婆這樣驚世駭俗，卻因為是喜馬拉雅山孕育出來的神體，故也是印度主神之一。

而濕婆與雪山女神的第一個孩子，正是象神，原名Ganesh，但他出生時，並未親眼見到自己的父親濕婆，因為當時印度的天界仍處於混戰時期，各方邪神各據一方，彼此傾軋殺戮，反派勢力又以羅剎最為強大，逼得濕婆必須御駕親征。

而雪山女神懷孕時，濕婆剛好率領大軍南爭北討，終年不在家，甚至連象神的誕生都不知道。

這場戰爭長達數百年，直到濕婆收服了黑色羅剎王，讓印度神界回歸一統，疲倦的濕婆，終於得以回到了家裡，回到數十年未曾踏入的溫暖家中。

濕婆想念著雪山女神，想念著他的家，想念著所有跟戰爭無關的平靜生活，所以，他獨自一人，悄悄的回到了舊居，準備給雪山女神一個驚喜。

只是，當濕婆推開門，映入他眼簾的，卻是一名陌生且英俊的男人。

男人並不認識濕婆，一雙英俊而年輕的雙目毫不畏懼瞪著，印度史上最強大的神，濕婆。

這一剎那，憤怒，狂暴的憤怒，席捲了精疲力竭濕婆的內心。

雪山女神，竟然趁我不在的時候，跟這樣的一個年輕男子……

嫉妒讓濕婆完全失去了判斷力，他祭起了無上的神力，釋放「虎、巨棒、鹿，以及弓箭」四項神力，誓言要將眼前這年輕人碎屍萬段。

只是沒想到，眼前的年輕人，竟然和自己，有著相似的力量。

盛怒之下的濕婆釋放出「虎」封印，虎的力量帶著強大的破壞力，更顯示出濕婆震怒的決心。

但，男子除了神力，更有著極度機巧的才智，他喚出「巨棒」，以強破強，破了虎的力量。

而當濕婆喚出鹿，準備以鹿的「速度」瓦解男子的巨棒，但男子卻召喚了長弓，遠距離的武器，鹿被長弓射中，靈力頓時瓦解。

連續兩招落居下風，濕婆更加震驚，他沒細想為什麼眼前的年輕人和自己擁有相同的力量，反而讓他更加的惱怒，因為他認為，年輕人之所以懂得這些，全部都是雪山女神親自傳授的。

而年輕人經過這短暫的交手，似乎已經猜出了眼前這英偉的神祇，就是濕婆，於是他放下了武器，展露笑顏，走向了濕婆。

濕婆的殺氣越來越重，而他的額頭皮膚，正隨著怒氣，慢慢的裂開了一條縫。

縫裡頭，一道一道金光洩露了出來。

那是濕婆的第三隻眼睛。

憤怒之眼，殺神之眼，滅魔之眼，是濕婆最後，也最強大無法抵禦的毀滅性力量。

而它，正要睜開。

「第三隻……眼睛？」年輕人的腳步停了，聰穎的他，似乎察覺到事情的嚴重性。「請住手，請您住手，我不是別人，我是您的……」

「住口，妖孽。」濕婆的第三隻眼已經睜開一半了。

額頭那條縫中，已經可以看見一隻血紅色的眼珠，眼中的深處，是一片令人戰慄的血海汪洋。

汪洋的血海，瞬間沸騰起來，然後一股凜冽的紅光，從第三隻眼中，射了出來。

年輕人張大嘴巴，吐出了最後一句話，可惜他就算再聰明再有智慧，也無法挽救自己的命運了。

「等等，我是您的……」

他的頭，瞬間被第三隻眼的紅光穿透，然後爆裂。

地面上，只剩下一個無頭的屍體，直挺挺的站著。

而濕婆的動作卻停住了，呆若木雞般的停住了，原本，第三隻眼的威力何等驚人，該是把年輕人整個身體全部化成煙塵，他卻只射破了頭顱，就硬生生停了下來。

因為，年輕人的最後一句話，竟然是……

「我是Ganesh啊！」年輕人發出聲嘶力竭的悲鳴，「**爸爸！**」

爸……爸爸？

爸爸？爸爸……

濕婆渾身僵硬，如墮萬年冰窖，當憤怒過去，取而代之的，是天翻地覆的錐心愧疚。

這年輕人，當真是自己的兒子嗎？

是闊別二十年，自己與雪山女神的結晶？

濕婆的懷疑，在看到後來趕來的雪山女神後，全部都確定了。

因為，雪山女神抱住了年輕人的屍體，悲傷的哭了起來。

悔恨後，濕婆做出最後的補償，他對雪山女神說：「只剩一個辦法可以救我們的孩子，妳現在下凡，所見到的第一個動物，就把那動物的頭給砍下帶回來，只要裝到我們兒子的頭上，他就能夠復活！」

「嗯。」

「只是這英俊的孩子……唉……以後都只能背負著一個動物的頭顱了。」濕婆嘆氣，「我以後，會盡量補償他的。」

於是，雪山女神下了凡，第一個碰到的生物，是在河邊喝水的大象，雪山女神默禱之後，手一揮，將大象頭顱砍下並帶了回來。

從此，年輕人就有了一顆非人的頭顱，人身象頭，比例怪異且形貌醜陋，而「象神」更成為他的神號。

而濕婆為了補償自己的愧疚，將自己的軍隊交給了象神，並交代印度眾神要對象神唯命是從。

相較於濕婆的愧疚，原本聰明外放的象神，卻在那件事之後，逐漸沉默內斂起來，擁有了書本與旅遊守護者的能力，卻再也沒有人知道，他內心真正的想法，究竟是什麼了？

新竹，土地公廟外——

一場人和大霧的奇異對決，正如火如荼的展開。

不過，正當象神和土地公對峙的時候，一旁的九尾狐，卻用尾巴搧著涼風，笑嘻嘻的說：「笨蚩啊，你說你專門拿神當早餐，可是你眼前這片大霧，無形無體，你要打也打不到，要揍也揍不完，看你怎麼打？」九尾狐雙手抱胸，一副準備看好戲的模樣。「順便一提，我的尾巴中有一條水尾，可以讓水凝結成冰，可以讓霧氣凝結成碎冰，不過……」

「不過什麼？」

「笨蚩尤，只要你肯**好好求我**……」九尾狐臉頰微紅。「我就幫你。」

「哈，哈哈哈。」土地公忽然笑了起來。「哈哈哈哈哈！」

「有……有什麼好笑？」九尾狐臉蛋發燙，雙手扠腰的嬌嗔。

「我知道妳一定是對我懷恨在心，因為我每年情人節都不送花，是啊，算一算我們也認識好幾千年了，欠妳幾千朵花啦……」土地公笑，「但是啊，我不用妳的水尾，我就可以搞定了。」

「喔？」九尾狐細長眼睛一亮，「你自己有辦法？」

「有，當然有。」土地公仰頭，凝視遮住天空的大霧。「別忘了，我可是個愛吃鬼。」

「愛吃鬼……？」

「沒錯。」土地公閉上眼睛，然後用力的吐出一口長氣，這一股氣，吐得好長好長，彷佛要把肺泡內所有的氣體，都全部淨空似的。

當吐氣已盡，隨之而來的，則是更強烈而具有爆發力的——

吸氣。

吸。

土地公的眼睛閉上，嘴巴嘟成螺狀，然後兩頰的肌肉用力收縮，胸部隨之擴寬，而已經淨空的肺泡則蓄勢待發，準備迎接隨時會湧入的氣體。

吸，再吸，再吸，再再再再吸。

然後，怪異而讓人震驚的事情發生了。

霧，竟然開始急速流動起來，從四面八方，上下左右，被吸捲入土地公的嘴裡。

就像滿滿的浴缸水，當拔掉了浴缸的塞子，無法抵抗自己被吸入排水孔的命運。

「原來如此，看樣子，整個新竹的霧都會被你吸進去啊。」九尾狐的表情，又是驚喜又是好笑。「笨蛋蛋，我都忘記，你有多愛吃了。」

土地公沒有說話，只是不斷吸著霧氣。

而霧氣，這象神最得意的隱遁之術，曾經無孔不入的滲透整個新竹市，找出媽祖躲藏的城隍廟，更曾經將少年H誘入其中，然後讓他喪命其中……

如今，卻完全無法抵抗土地公的這一吸。

霧越來越薄了，許久不見的陽光，也化作一道一道鋒利長刃，穿過了霧氣，在地上照出一圈又一圈的暈黃聚光燈。

「五成了。」一旁的九尾狐說道，「笨蛋蚩吸去五成大霧，換句話說，象神的靈力，也少了五成了。」

五成，象神的力量已經衰弱了一半，終於，將象神逼得不得不反擊了。

「吼！」象神在天空中，發出威嚴萬千的怒吼，忽然間所有的霧氣開始往同一個地方集中，霧氣流動速度之快，令人咋舌。

「終於要認真了嗎？」土地公睜開眼睛，微笑。

空中的霧氣凝結成一個人形，象頭人身，左手握著巨棍，右手握著長弓，橫霸長空。

「濕婆四大武器之，曼陀羅棍。」象神雙手高舉一根粗大的棍子，在空中快速舞動起來。

「曼陀羅棍？」土地公抬起頭，饒有興趣的根神。

「印度的創世神話中，天地是一片乳海，諸神取曼陀羅棍攪動乳海，山川萬物於是誕生。」象神的巨棍越舞越快，聲勢驚人。「雖然我的這棍並不是真的曼陀羅棍，同樣能取人性命！」

「你倒是熱心啊，還跟我介紹你的武器？」土地公雙手扠腰，笑著回答。

「哼，吃我一棍！」說完，象神的棍子甩向了土地公，夾著剛才舞動帶起的速度和破壞力，直接劈向土地公的臉頰。

一個普通的小神如果被這棍擊中，不用說，不但頭顱爆碎，恐怕連魂魄都會被打得支離破碎。

但是，眼前的土地公，可不是普通小神，他嘴角閃過一絲冷笑，右手舉起。

砰，一聲悶響。

只見象神這根夾著何等威勢的曼陀羅棍，竟然被土地公一把抓住。

「如果是你老爸濕婆的棍子，我還懼上幾分。」土地公咧嘴笑了，銳利牙齒閃閃發光。

「你這頭小象想傷我，再等五千年吧！」

「是嗎？」象神微笑。「曼陀羅棍可不是一根普通的棒子呢。」

「喔？」

「它可是一根，連天地都能攪動的棒子啊。」

象神說完，土地公只覺得右手一陣強烈的旋勁，將土地公的右手如同毛巾般擰成一塊抹布。

「果然什麼都能攪。」旋勁太強，終於逼土地公放開了右手。「嘻嘻。」

然後，就在土地公的右手旋回正常模樣的同時，象神已經躍上了天空，雙手同時握住這曼陀羅棍。

天空的雲，更以這棍為中心，開始急速旋動起來。

「大霧！聽我命令！」象神發出怒吼，雙手握住攪棍，聲嘶力竭的召喚他全部的力量。

「全部都給我回來啊啊啊啊！」

然後，籠罩新竹市的濃霧，開始夾著驚人氣勢，滾滾匯聚，準備進行最後一場反撲。

新竹各個角落的濃霧同時流動起來，如同潮水退去。

城隍廟的濃霧急速退出廟門，黑色羅剎王正和鍾馗兩人激戰，羅剎王的表情變了。「象神……出事了？」

東門城下的濃霧開始如潮水般退散，貓女卻沒有絲毫動作，只是歪著頭，抱著少年H的屍體。

只是，當霧氣退去，在貓女面前，卻意外的出現上千個影子……這些影子手上刀槍林立，一看就知道不懷好意。

可是就算如此，貓女還是不為所動，她只是看著地上不斷流逝的霧氣，喃喃自語：「奇怪，既然不是賽特哥哥，那這個遊戲中，還有哪個怪物能把象神逼到這田地？」

濃霧匯聚，盡數聚集到了象神的這根「曼陀羅棍」之上。

天空中央，象神高舉此棍，吸納整個新竹市的濃霧，直到濃霧盡數集中到棍上。

這一棍，無疑的凝聚了象神數千年所有力量，力量不僅鈞天，更是他以生命為代價的一擊。

「唉啊啊，只是一場打架嘛。」土地公嘻嘻笑著。「幹嘛好像拼命一樣。」

象神沒有回答，只是緩緩閉上眼睛。

他感受著棍上那累積了千年靈力的重量，好沉重，沉重，就像是他內心隱藏的祕密那樣沉重。

擊下去吧。

只要擊下去，一切都解脫了。

「準備好了嗎？」土地公雙手扠腰，眼神中，是高手對決的興奮。「我可是給你這麼多時間集氣，別讓我失望勒。」

「土地公啊。」象神睜開了眼睛，目光炯炯。「其實，我一直在等像你這樣的人。」

「像我？」土地公還在嘻嘻笑。

「沒錯。」象神的棍子揮下了。「一個能夠殺我的人。」

雲、霧、雪、雨，所有的力量匯聚成的一棍，甩出強烈的雲霧尾勁，直劈下這片土地，直劈他的對手，土地公。

天地變色，重雲凝聚，此棍夾著象神千年神力，劃下。

「有趣。」土地公笑了，開懷的笑了。「真是有趣，你算準了我不會留力嗎？」

笑中，是兩排銳利的猛獸牙齒。

頭頂上，是曠古魔物的尖銳牛角。

強招當前，土地公，終於忍不住，露出了真身，蚩尤。

然後，象神的瞳孔放大了，因為映入他眼裡的畫面，太過令人震驚。

棍子，停了。

象神只覺得雙手一震，夾帶千年神力，雲霧之力的曼陀羅棍，竟然停在半空中，再也下不去了。

原因，卻只是一個普通無比的東西。

一隻拖鞋。

一隻藍得發紫的拖鞋。

千年神棍的力量，竟被一隻拖鞋擋住了。

「你的棍子有個很好聽的名字，叫做曼陀羅棍是吧？」土地公嘻皮笑臉，右手握住藍白拖鞋，抵住了曼陀羅棍。「那我也要替這拖鞋取一個名堂。」

「哼。」象神只覺得手上的棍子正在抖動，只覺得對方的靈力如驚濤駭浪，從拖鞋底部傳來。

順便帶來的，還有來自鞋底的陣陣惡臭。

「紫色的拖鞋。」土地公笑，「就叫做至尊英雄拖吧。」

然後，拖鞋忽然由藍色變成了純紫色，蚩尤力量終於壓倒性的擊潰象神靈力，曼陀羅棍彈開，象神千年的力量被盡數反震，霧氣瞬間消散。

魔力灌入象神的體內，眼看就要把他的血液全部蒸發殆盡。

而象神更在這時候，閉上了眼睛，他的表情不是驚恐，更不是痛苦，反而像是終於找到了自己的解脫。

解脫，因為終於可以不用再面對這個祕密……

只是，死神卻遲到了。

象神卻沒有等到蚩尤的妖力，沒有等到死亡的降臨，取而代之的，卻是一陣空虛。

全身力量被抽乾的空虛。

「對不起，拖鞋有點臭。」土地公把拖鞋放下，穿回了腳上，嘻嘻笑著，「請多包涵。你知道的，交大出名的就是帥哥和野狗都很多，所以狗屎特多。」

砰！

象神摔落，連同他的曼陀羅棍，狠狠地摔到了地上。

他睜開眼睛，不能理解，為什麼？為什麼土地公不殺他？

而土地公收回了妖氣，回復了原本笑嘻嘻的痞樣，手裡拎著剛才未喝的仙草蜜。「嘿嘿，其實我的力量全部被封印住了，沒辦法盡全力打架，剛剛嚇嚇你而已的啦，不過……關於小象神啊，我也有一個問題要問你欸。」

「……」象神躺在地上，睜著眼睛，看著這個外表俗氣，事實上卻實力驚人的怪物。

一隻真正的怪物。

「為什麼勒？」土地公高深莫測的笑著，「你會選擇和我打？」

「……」

「如果你真是佈局殺死H的人，真是古印度的智慧之神，更是老濕最得意的聰明兒子。」土地公的臉逼近象神，威勢直逼象神。「你不該看不出，我們兩個之間的實力差距，搞不好你早就猜出我是蚩尤了，對吧？」

「……」象神閉著嘴巴，搖頭。

「就算知道實力差距，還是選擇打？實在太不像智慧神應該做的事了。」土地公的臉更靠近象神了，「為什麼呢？」

「……」

「我想啊，你會和我打的原因，只有一個……」

「……」象神依然搖頭。

「你，」土地公的臉，整個逼近了象神，而土地公原本賊兮兮的眼睛，此刻卻綻放動人心魄的紅光。「想要我殺了你嗎？你想自殺？」

自殺？

象神聽到土地公這樣說，身體猛然顫動了一下。

「這反應……看樣子，我是猜對了。」土地公起身，「只是怪了，你替濕婆殺掉少年H，應該是大功一件，為什麼會選擇死亡？除非……」

「……」

「除非……」土地公眼神綻放異彩。「你根本沒有殺少年H。」

「你倒是很會猜。」一直都沒開口的象神，在此刻，終於忍不住說話了，只是他的話語聲不再低沉而有力，取而代之的，是滄桑與虛弱。

「呵呵，跟我打啞謎啊。」土地公忽然轉頭，看向九尾狐，「小九啊，幫我一件事。」

「嗯？」九尾狐的姿勢雖然慵懶，但眼神卻瞬間專注起來，因為她知道，土地公用到了「幫」這個字，事實上，已經等同於命令，一個來自至尊魔君蚩尤的命令。

「幫我一個忙，去新竹東門城，通知貓女。」土地公說。

「喔？貓女？」

「然後，告訴她一件事。」土地公遙望著天空，「無論如何，都要保住少年H的屍體。」

「保住屍體？」九尾狐慢慢起身，伸出尾巴微微捲動，正是她施展法術的前兆。「你是說，有人會去毀屍……？」

「沒錯，」土地公笑了，「我既然能看出象神的祕密，老濕肯定也看得出來啊，快去吧，妳看天空中好幾道妖氣，全都聚集到東門城去了，那裡肯定已經開戰了。」

「嗯，那你呢？」

「我不方便和老濕正面對決啊，況且，我還有事情要處理。」土地公轉頭，看著地上的象神，邪惡的笑了起來。「象神這傢伙，顯然有特殊能力，讓少年H又死又沒死，是吧？象神。」

「哼。」

「不過我更好奇的是，少年H之所以沒死，是你殺不死他？還是不願意殺死他？」土地公還在笑，「我猜，答案應該是後者吧。」

我猜，你是不願意殺少年H吧，是吧？

一襲輕巧的影子，落在東門城前，此刻，濃霧散去，黃昏的光線透雲而過，將大地灑成一片朦朧的淡黃色。

這已經是東門城第幾萬個黃昏了呢？

只是這個黃昏，少了以往新竹人熟悉的熙攘街道，路邊的自由演唱家，牽手散步的父親與小女兒，剩下的，卻如同數萬個日子前東門城的模樣。

地獄烽火

數萬個日子以前，東門城還是一座烽火連天的戰城。

戰城的外頭，正是無數兵甲火焚後的蕭瑟大地。

如今，東門城彷彿又重溫了這段烽火連天的歷史，唯一的不同，是地上躺的，是一群一群妖怪的遺骸，而牆上刻的，是各種妖術破壞後的痕跡。

而戰場的中心，東門城下，坐著一名女子，女子身材纖細，黑髮如絹，垂著頭，懷裡抱著一名動也不動的少年。

成千上萬的妖怪兵馬，女子和少年將東門城緊緊圍住，交頭接耳，卻無人敢越雷池一步。

因為他們看到了那些跨過雷池的人的下場，只有一眨眼，就被暗殺女王的爪子，把頭顱輕巧的剁下來。

這暗殺女王，正是坐在場內悲傷的女子。

更是守護少年H屍身的僅存一人。

她，就是貓女。

新竹，東門城下——

啪啪！啪啪啪！……空氣中，傳來幾聲清脆的擊掌音。

「難纏，真難纏啊。」

掌聲出自於一張由妖兵們簇擁的巨大龍椅，龍椅上，則是一名臃腫肥大到難以想像的男人。

他的肚子共有五大層，七小層，每層都像是考驗著他身體能裝載脂肪的極限，往外擴張到最大。

他的雙手雙腳掛滿肥肉，讓人懷疑他能否因為不能用雙腿移動，所以必須仰賴這尊大龍椅。

他的臉佈滿凌亂而霸氣的長鬍子，雙眼陰沉，遠遠看去，這人簡直失去了人的形體，反而像是一塊肉團。

而且，是一塊危險的肉團。

「一開始，我家曹小兒找我來對付妳，我還以為，不過就是一名弱女子而已，怎麼需要出動看守『驚門』的本王？」那肥男人聲音又細又尖，與他粗獷的外表完全不符。「不過，憑妳一個人殺了我這麼多部下，的確有我親自出手的價值啊。」

「……」貓女默然，只是側著頭看著懷中的少年H屍體，眼神失焦而悲傷。

「不說話？」肥男人的眼睛一閃，他的右手舉起，手上的肉，啪啦一聲互相撞擊。「妳可知道我是誰？我可是八陣圖中，唯一擁有千萬大軍的皇帝。」

「……」

「曹操都要稱我一聲前輩，戰神呂布要稱我一聲乾爹。」肥男人說得是口沫橫飛。「妳這小女人，竟敢不理我？」

「……」

「我是結束漢朝四百多年輝煌歲月的最後一人，我入京師，廢幼主，立獻帝，殺滿朝文武百官！」這肥男人越說越快，聲音也越發尖銳，對貓女置若罔聞感到憤怒。「我可是開啟三國演義第一章的黑暗英雄，董……」

可是，肥男人的「董」字還沒說完，倏然，他的聲音斷了。

就是一首噪音吵鬧的小提琴聲音，琴弦卻陡然繃斷，停在讓人耳膜顫動的瞬間。

讓他聲音暫停的兇手，是一陣風，黑色的，優雅的，如貓般的風，拂過了肥男人的脖子，然後隨著一陣旋風，吹回了東門城。

然後，肥男人忍不住伸出肥手，抓了抓剛被風吹過，發癢的脖子。

脖子上一條細紋，由左而右，劃過整個脖子的銳利細紋。

然後，細紋開始裂開。

鮮血，就這樣，狂湧了出來。

肥男人握著滿是鮮血的脖子，猛然抬頭，卻只見到東門城下貓女的身影，嘴角帶著淺淺的微笑，正緩緩的坐下。

這一鋒利到足以切斷脖子的細紋，是這女人割的？

從起身，越過千萬軍士，與肥男人錯身，精準的割開脖子，然後再回到東門城下，竟然只是一眨眼的時間，這是什麼速度啊？

「找死。」貓女搖頭。「我最討厭囉唆的男人了。」

「貓女，妳無愧是地獄有史以來最可怕的暗殺高手。」肥男人咯咯的笑了，他脖子被爪子切過，竟然還能講話？「可惜，妳的對手是我，我可不是那麼容易被殺的，咯咯咯咯。」

貓女聽到這男人的笑聲，先是一愣，然後看著自己的爪子，眼睛瞇起，似乎正為什麼事情而詫異。

我，失手了？

爪子鮮血太少，而且還多出一種不該出現的稠滑液體，就是這液體，讓貓女這無堅不摧的爪子，失去了鋒利與精確，打滑了。

這液體竟是……

「油？」貓女皺眉。「我沒切到血管，切到一層油？」

「咯咯咯咯。」男人不斷發出尖銳怪笑。「沒錯，我全身上下都是如盾牌般的脂肪，妳要殺我，可能要拿鋸子來慢慢砍了。」

「……」貓女抬起頭，重新打量眼前對手。

這肥男人鎮守八門中最強兩門之一的「驚門」，果然有點門道。

「而且，我欣賞妳的速度，咯咯咯咯。」男人比著貓女，身體緩緩從龍座上站起，「看來，我得認真了。」

貓女，看著男人雙手撐住椅子把手，慢慢的站起，站起……

然後，貓女的表情變了。

因為，龍座空了。

貓女還來不及思考這肥男怎麼會消失，肥男尖銳的聲音，竟從貓女的頸後傳來。

一口氣，吐在她的後頸處，讓她的背脊浮出一粒粒的雞皮疙瘩。

「小姑娘，我還沒自我介紹完哩。」肥男咯咯的笑著，「我的名字，就叫做董卓。」

董．卓？

貓女一轉身，爪子隨之揮出，只是，董卓肥碩的身體卻像是無重力般，輕飄飄的往後退去，無驚無險，避開了貓女這一爪。

「其實，我們很像。」董卓笑。

「哼。」

「因為，」說完，董卓的肥腳往地上一踏，不激起半點沙塵，就往貓女方向撲來。「我也是暗殺高手哩。」

「哼。」貓女身體急速迴轉，側過董卓這一撲。

「既然都擅長速度與暗殺。」董卓搖晃著一身肥肉，輕飄飄的落地。「那我們就來比，誰先殺了誰好了。」

「哼。」

貓女皺眉，她知道若要一邊對付這詭異的胖子董卓，又要保護少年H的屍體，恐怕是一件極度艱困的任務。

然後，貓女歪著頭，看著正躺在地上失去聲息的少年H。

忽然，她好想哭。

「我好懷念我們一起並肩作戰的日子喔，為什麼沒有你之後，一切都變難了呢？」

為什麼沒有你之後，一切都變難了呢？

第二章《法咖啡的悔恨》

數個月前的某一天，地獄遊戲的門被打開了。

進來門中的，卻不是一個人，而是一隻流浪狗。

牠動作小心，身體瑟縮，顯然對眼前的畫面驚愕無比。

「歡迎光臨，親愛的玩家。」狗的上方，一個女聲這樣說著。「請說出您的願望。」

「汪……汪……」小狗張著嘴，忽然間，竟然能夠說人的語言了。「這裡是哪裡？」

「這裡是地獄遊戲，遊戲中無論神、魔、人，甚至萬物，只要有願望都能在遊戲中實現，但是，也只有完成願望，你才能離開遊戲喔。」

「願望？」狗狗忽然想起了一個氣味，那是屬於大雨中的氣味，來自一個拿著傘的女孩。

女孩撐著傘，看著狗狗，眼神中是悲憫和同情。

「好可憐的狗狗，都被雨淋濕了吧。」女孩的傘，像是一朵溫柔的雲擋住了傾盆的雨水。

狗狗的記憶中，看著女孩的模樣好鮮明，那溫柔的氣味，那親切的微笑，以及那支聯繫起自己和女孩的，傘。

「準備好許願了嗎？」一個聲音，打斷了狗狗的奇想。「準備好之後，地獄之門就要為您開啟了。」

「嗯。」狗狗往前走去。「我的願望是，成為一個帥氣英俊的人類，然後我要保護那個女孩。」

我要保護，那個女孩。

地獄遊戲之門開啟，屬於與現實世界一模一樣的陽光，灑在狗狗的肩膀上，牠發現自己靠雙腳站了起來，眼睛可以直視前方，雙手可以像個人類般拿取東西。

「原來，這就是當人類的感覺啊。」狗狗感到一陣奇異的新鮮感。「對了，我該叫什麼名字呢？」

叫什麼名字呢？

狗狗回過頭，剛好看到路旁一家外國酒專賣店，櫥窗玻璃中映著自己帥氣英挺的容貌，還有一種酒。

一種享譽中外的名酒。

「這名字好好玩。」化成人形狗狗笑了，「從此以後，我就叫這名字好了。」

這裡是台北，但不知道是台北的何處，一片黑暗包圍了兩人。

只是這黑暗並不平靜，它如同深夜的海洋般，縱然無光卻有著無數粒子在空氣中懸浮飄動，並傳來類似引擎般的低鳴聲。

這兩個人是一男一女，男子身材雄壯，銀色月光如薄紙般，照映在盤桓糾結的肌肉上，狂傲霸氣若隱若現，彷彿一頭沉睡的猛獅。

而女孩細緻的五官藏著勃勃的英氣，劍眉，薄唇，目光透徹，尤其是她表情中藏有讓人目不轉睛的美妙變化，一笑起來如同百花綻放，冷酷起來卻是寒若冰霜。

「妳說，妳的名字叫做法咖啡？」男子注視著眼前的女孩，問道。

「是啊。」法咖啡點頭，「而你說，你總是想不起自己的名字？」

「嗯。」男子說到這裡，一身的霸氣中，透露出沮喪。「我想不起自己的名字，而且，我有個很重要的人，我要找到她，卻一直想不起她的名字。」

「嗯……」女孩憐惜的側著頭，不知道為何，她對這名落魄的男子有份疼惜。

也許，是這男人渾身散發出來的霸氣。

對！就是霸氣！

就算男人此刻正因為失落了名字，而深深苦惱著。仍掩蓋不住男人舉手投足間，讓周圍空氣為之震動的王者之氣。

這樣的霸氣，讓法咖啡想起一個深藏在她心裡，那男人的背影。

那個穿著黑色斗篷，永遠不會屈服，永遠讓人安心的背影。

夜王。

只是不知道，夜王他現在究竟在哪裡？他是不是正和其他的玩家戰鬥？他是不是依然懷著神祕的目的，向著他的霸者之路挺進？

他是不是……也有想起這個始終追隨他背影的小妹呢？

法咖啡想到這裡，只是不禁微微的嘆了一口氣。

直到這男子粗豪的聲音傳來，才將法咖啡從她奇異的心事中給驚醒過來。

男子傻傻的笑。「不過，挺奇怪，見到妳以後，我有份預感，我快要想起自己的名字了。」

「真的嗎？」法咖啡將注意力集中回眼前的男子，她雙手托住下巴，「你快想起來了？我猜，你會忘記自己的名字，一定遇過很悲傷的事情吧？我以前聽我爸爸說過，當人碰到太難過的事，會選擇遺忘來幫助自己度過。」

「妳爸爸是個聰明的人，」男子點頭，「也許，這份悲傷，也和我一直找尋的人有關。」

「其實說起悲傷，我也希望能忘記一些事情，這樣我就不會那麼內疚了。」法咖啡說到這裡，口氣微微一頓，笑了起來。「好奇怪喔，遇到你之後我變得比較愛講話了，之前我當遊俠團副團長的時候，為了不讓下屬感到不安，我都努力讓自己變得少話而沉穩。」

「嗯。」

「可能你很像我提過的老大，夜王吧，而你更像是脫下霸氣外衣後的我家老大，比較溫柔，也比較真實，讓我更能吐露心事。」法咖啡說到這裡，自己笑了起來。「呵呵，我都離題了，我剛剛說到哪了？」

「妳說，妳也有自己感到悲傷內疚的事。」男子提醒道。

「對啊對啊，我在想，也許我說出自己悲傷的事情，也會讓你想起些什麼……」法咖啡說到這，眼睛瞇起，眼神中閃過難以平復的內疚。

「嗯。」

「那件悲傷的事啊，」法咖啡的眼神移向了失去焦距的遠方，「就發生在幾天前，當我被那隻臭蟾蜍抓住的時候，我親眼目睹的事情。」

「嗯。」

「那件事，正好關於我遊俠團兄弟們，約翰走路以及……死去的錢鬼。」

那夜，也如同此刻般，暗夜無光。

唯一的不同，是戰火將盡之後悲傷的冷光。

那個晚上，薔薇團攻入羅斯福路，以遊俠團戰士屍體燃燒了整個夜晚。

而法咖啡斷定老三約翰走路是內鬼，舉起奪命藍色『工數之鎚』，要取下這背叛者的頭顱，以祭所有遊俠團陣亡戰士的英靈。

可是，戰局卻是百轉千折，奇峰突起。

約翰走路先破法咖啡的工數之鎚，引錢鬼前來搭救，最後法咖啡卻反被三腳蟾蜍所捕獲，只是，在法咖啡陷入昏迷之前，她眼前的畫面卻讓她深深震動，從此成為永遠無法釋懷的遺憾。

遺憾，在法咖啡思緒中飛舞，她回憶起那夜片段，首先跳入腦海的，卻是如雨般緩緩飄下的鈔票。

只是這些鈔票還沒落到地上，旋即被一盞急速旋轉的大傘給吸入，然後絞成粉碎。

這是離散之傘，與約翰走路。

他們的對手，則是商人職業的好手，還有錢鬼。

錢鬼，這個在遊俠團中，穩坐第四把交椅，從未展現實力的夜市老伯，究竟藏了多少實力？

「錢鬼啊錢鬼。」約翰走路嘴角肌肉顫動。「你為什麼來這裡？」

「我家老二被欺負，」錢鬼雙手插在口袋裡面，白色內衣上是點點油漬，果然一副專賣路邊小吃的模樣。「我當然要路見不平一下啊。」

「呵呵。」約翰走路表情又氣憤又猙獰。「那你就準備為你的多管閒事，付出代價吧！」

說完，約翰走路的離散之傘一抖。

銀亮色的傘面映著月光，夾帶著讓人窒息的凶光，高速旋轉起來。

「士人七大武器的離散之傘啊？」錢鬼雙手張開，兩大把暗沉銀光的銅板，發出騰騰殺氣。「看樣子，似乎值不少錢勒。」

「值不值錢，接招以後，就知道了。」約翰走路的前腳一蹬，手上的離散之傘，順勢往前刺去。

然後，錢鬼手上的銅板也在空中灑出一片帶刺的銀光，撲向約翰走路。

傘面張開，迎上這片銅板銀光，登登登登登，如豆大雨珠落在鐵傘上，離散之傘這把傳說中最能卸勁的雨天保護者，把漫天的銅板全給撞向四方。

約翰走路往前推進。

傘頭的尖光就要刺向錢鬼胸膛。

「錢鬼，你就這麼點能耐？」約翰走路的聲音，在傘後冷笑。「我不相信，夜王老大的眼光這麼低，只挑一個會丟銅板的傢伙。」

「夜王老大的眼光的確沒那麼低。」錢鬼還在笑，雙手五指張開，自左而右，往後划動。「但你的確沒說錯，我們賣小吃的，特別愛玩銅板。」

錢鬼這動作來得莫名其妙，不禁讓約翰走路一愣。

雙手往後划，是要拉動什麼東西嗎？

還有什麼東西可以拉？

錢鬼的武器，難道是那些銅板？

然後，約翰走路敏銳的頭腦讓他猛然回頭，然後，映入他眼中的，卻是那些滿天飛舞的銅板，竟然在空中串成兩條銀灰色的長蛇，吞吐著陰冷的氣息。

然後，在清脆的銅板撞擊聲中，銅板蛇往約翰走路的背上，狠狠擊下。

黑暗，台北，現在。

「好！」男人似乎對戰鬥這件事頗有興趣。「這兩個男人都是戰鬥高手啊，以傘為武器，一個以銅板為武器，戰鬥就不該拘於形式。」

「呵呵，我家老大也這麼說過。」法咖啡點頭。「這也是這地獄遊戲中，最奇特的地方，只要你有想像力，任何東西都可以當做武器。」

「沒錯，然後呢？那個玩傘的英俊男人，不該這樣就死掉吧？」

「當然不。」法咖啡閉上眼睛，聲音中是淡淡的憂傷。「但，也許他在那個時候就死掉，還會幸福一點呢。」

數日前，台北的羅斯福路——

銅板串在空中蜿蜒成兩道急速摜下的蛇，直衝向約翰走路。

堅硬的銅板就要撞向脆弱的脊椎，勝負就要分出。

只是，笑了。

約翰走路卻笑了。

「這樣才有一點意思，不是嗎？」

約翰走路帶著興奮的微笑，右手按住離散之傘的開關，傘面瞬間一開一收。

然後，奇怪的事情發生了。

就在這傘一開一收的瞬間，銅板蛇失去了目標，只是茫然的穿過一片空氣，然後在空中胡亂盤繞。

目標，不見了。

約翰走路不見了？

「你在變魔術嗎？竟然搞消失？」錢鬼皺眉，銅板蛇回到手上，卡卡卡密集的聲音過後，迅速疊成兩公尺高的銅板塔。

原來這些銅板是由錢鬼一條靈絲貫穿而成，使得這串銅板可以撒成滿天刺網，亦可像是鐵鞭抽碎敵人背脊。

「咦？」錢鬼仰起頭，表情古怪，「這些傘，是怎麼一回事啊？」

順著錢鬼的眼神看去，只見天空之中莫名其妙的冒出許多彩色雨傘，或大或小，色彩紛呈，一支一支的傘，像小精靈似的從空中優雅飄下，把台北的小巷綴成一幅如童話般的奇異場景。

「沒想到，一把傘的攻擊可以這麼千變萬化，約翰走路你不愧是戰鬥天才啊，我真是好奇，在現實世界裡，你會是什麼樣的人？」錢鬼屏息等待，他知道眼前畫面雖然柔美迷人，背後肯定隱藏著一種兇險的殺局。

兇．險。

忽然，錢鬼覺得背脊發涼，轉身。

他背後的一把傘，忽然猛地收合，而約翰走路穿著黑色西裝微笑的身影，從傘後面，神祕無聲的出現了。

傘的尖刺，毫不遲疑，劃破錢鬼的衣服，血，也濺了出來。

「吼！」錢鬼怒吼，在驚險萬分躲過這一刺，卻也讓他白色內衣破裂，露出右肩膀後方的一尊小刺青，這刺青形態頗為特異，是一隻外型類似蜈蚣的龍。

「我這招『千傘迷藏』，可以讓我藏身在任何一把傘的背後，你是破解不了的。」約翰走路優雅微笑。「錢鬼老四，只要你幫我一個忙，我就可以饒你不死。」

「哼，什麼忙？」

「老實告訴我，內鬼就是你！」約翰走路的眼神冰冷。「而且，就在法咖啡的面前。」

「放屁，我不是內鬼，內鬼應該是你！」錢鬼呸了一口，雙臂舞動，手上的兩串銅板蛇再度昂起，撲向約翰走路。

而約翰走路卻搖頭，按住他面前的那把傘，紅紫兩色的傘面一開一收，又再度消失了。

百餘把隨風飄揚的彩色雨傘中，只聽到約翰走路冷酷的聲音迴盪著。

「很好，錢鬼，你就用你的死，來證明自己的清白好了。」

傘在飄，飄盡天空，而此刻約翰走路佔盡優勢。

錢鬼對天狂吼一聲，手上的銅板，往四面八方撒去，將天空綴成一片雪晶。

「看我們賣小吃的，怎麼樣把銅板的戰鬥技巧發揮到極限吧！」

只見錢鬼這次扔出去的，是銅板面額中最大的五十元銅板，金色的銅面在夜空中翻轉兩下，最後像是鐵遇到了強磁，一股腦被吸到了錢鬼身體上。

數千片銅板，一片接著一片蓋滿了錢鬼身體，將錢鬼全身上下籠罩成一片閃爍金光，不僅耀眼，更重要的，它是從古老就流傳的一種頂極戰甲……

「金錢甲？」約翰走路的聲音在飄揚的傘中傳來。「好，好，竟然以銅幣組成了金錢甲啊。」

而且，全身被金色銅板覆蓋，只露出一雙眼睛的錢鬼，開始進行他的肅清作業，目標當然是眼前這片眼花撩亂的傘陣。

一拳揮去，傘面陷落，然後傘骨折斷，一把傘就這樣毀了。

「不在這！」錢鬼一笑，右拳往右一橫，又是一把紅傘破裂。「看來，約翰走路也不在這裡！」

「你躲不了多久的。」錢鬼哈哈大笑，「無論你是誰？為什麼要拿傘做武器？看來都不會是我的對手了。」

只聽到錢鬼在大笑間，如同一尊無敵的金色銅人，衝入千變萬化的傘陣中，隨著金色銅人的移動，斷傘沖天而起。

而當錢鬼的拳頭毀掉越多的傘，約翰走路能藏身的地方，也越來越少了……

「出來吧！」錢鬼的拳頭速度越揮越快，傘只剩下最後十支。「看你還能撐多久！」

然後，這十支傘的其中一支動了，約翰走路被逼得做出了回應。

傘緣如刃，急速旋轉起來。

「終於願意把頭伸出來了啊，烏龜。」錢鬼咯咯的笑著，全身都掛滿五十元銅板的他，笑起來全身都發出讓人心動的錢幣撞擊聲。

「哼。」約翰走路旋轉手上的離散之傘，銳利的傘緣撞向金錢甲邊緣，卻只是換來幾聲沉悶的低響。

沒破。

五十元的銅幣組成的金錢甲，抵住了離散之傘的刃緣。

「我就說，」錢鬼的拳頭高舉，惡狠狠的轟向約翰走路的胸膛。「你不是我的對手啊！」

約翰走路的身體往後飛去，空中濺出幾滴血花，一直翻了數十公尺，才重傷落地。

約翰走路半坐在地上，一身的西裝被錢鬼拳頭上的銅板，割出一條條碎裂痕跡，原本的帥氣挺拔已不復見。

他的頭髮散亂蓋住前額，唇邊更滲出血絲。

「窮途末路了吧。」錢鬼冷笑。「我就說，像你這樣的紈褲子弟，怎麼會是我們這種靠自己賺辛苦錢的人的對手？」

「嘿，我在現實世界，不是紈褲子弟啊，我甚至連普通人都稱不上……算了，這不是重點……」約翰走路撥了撥自己的頭髮，試圖擺出迷人笑容。「重點是，錢鬼，你究竟是不是內鬼？」

「死到臨頭，還敢問問題？我佩服你啊，老三。」

「是不是呢？」約翰走路看著錢鬼。「當著法咖啡的面，告訴我……」

「這問題很難回答。」錢鬼笑了，眼看要入袋的勝利，讓他完全的得意忘形。「我只能說，老四錢鬼，他的確不是。」

「老四錢鬼他不是？」約翰走路表情閃過一絲古怪，「這是什麼說話邏輯？『老四錢鬼不是』，那你不就是老四錢鬼嗎？怎麼說得像是別人似的？」

「這答案，就等你到地獄之後，再去問閻王爺吧。」然後，錢鬼的右手五指攤開。

一串銀色十元銅板，從手掌中冉冉升起，映著月光，銅板如長蛇般左右扭動，讓錢鬼有如神祕可怕的印度弄蛇人。

銅板慢慢伸長，銀色凶光更盛，如同一條即將破穴而出的眼鏡蛇王。

「好一個錢鬼，十元銅板當武器，五十元銅板當盔甲，加上剛才當暗器的一元銅板。雖然我在現實生活中完全不需要錢，但，我還是佩服你們對錢的執著。」約翰走路說。

「不用靠錢過生活？」錢鬼微微詫異。「哼，果然是紈褲子弟。」

「嘿，你誤會了，算了。」約翰走路調整凌亂垂下的頭髮。「我要跟你說一件事，會去地獄見閻王爺的，不是我。」

「欸？不是你？」錢鬼嘲笑，「難道會是我？」

「是的。」約翰走路帶血的嘴角微笑，攤開空空的雙手，原本那個應該不離身的武器，竟然不知道何時，不見了。「你有自知之明就好。」

「呸，什麼自知之明？咦？你的手為什麼是空的？你的……離散之傘呢？」錢鬼驚覺，往左右張望，卻發現，離散之傘失蹤了。

沒有在約翰走路的手上，沒有滾落在一旁，更沒有在錢鬼三百六十度的視線範圍內，傘，真的消失了。

消失的傘，這不是一個吉兆。

絕對，不是一個吉兆啊。

「我的傘，叫做離散之傘，你知道嗎？」約翰走路的手指，高高對著錢鬼的頭頂。「因為，它的最後絕招，正是離散。」

「離……離散？」錢鬼一呆。

忽然，錢鬼若有所悟，順著約翰走路手指方向，抬頭，看向自己的頭頂。

一條傘柄，正如勾魂索，正搖搖晃晃的吊在自己的頭頂上方。

而寬闊的傘面，則如同一襲黑影，遮住了月光。

「傘不離散，人離散……」約翰走路收起手指，拳頭用力握住。「傘下的人，可是會散成粉身碎骨啊！」

這句話剛說完，暗巷的天空，重雲中，忽然一記低沉悶響。

「難道，難道……」錢鬼渾身被冷汗浸透，他死命往前奔去，想要逃離這把離散之傘所籠罩的陰影。

「你逃不掉的。」約翰走路大吼，全身的靈力散盡，召喚這超級武器中，最強也最後的一道法術。「離散吧！離散之傘！」

這是一道在地獄遊戲中，獨一無二的單人法術。

在一對一的情況下，堪稱無敵。

『離散傘下，人離散。』

然後，天空一亮，錢鬼眼睛也跟著被這一片白亮所遮蓋。

雷，落了下來。

從遠處來看，彷彿在重重的黑雲之中，一條純潔的白金之蛇，無聲而迅捷的延伸而下，將整個天地劈成了兩半。

直指向地面的離散之傘，以及傘下的那個人。

而當白金巨蛇瞬間縮回夜空。

雷聲，才如怒神狂吼，才以威霸天下之姿，震動了大地。

雷過，人散。

這一戰，正式宣告結束。

戰役結束。

離散之傘飄啊飄，直到它被一隻手握住，約翰走路的手。

一身破碎的黑西裝，散亂的頭髮，嘴角的血絲，此刻的約翰走路少了以往精心打扮的華麗，卻多了一份迷人的落魄。

「安息吧，錢鬼。」約翰走路默念。「雖然你始終猜錯我的身分，但是，我想這遊戲中沒有人能猜出我到底是誰……」

約翰走路的腳踏過散落一地的銅板，發出卡卡的聲音，然後他看著地上這具毫無生息的焦屍。

焦屍伏地而亡，衣衫盡碎，露出一大片熟透的背脊，還有那如同蜈蚣般的龍形刺青。黑煙中，龍形刺青張牙舞爪，佔滿了錢鬼整個背，甚至延伸到了雙手和雙腳。

「可惜，最後沒能從你口中問出，你是不是內鬼？或者，誰是內鬼，唉。」約翰走路的眼神看向遠處坐在地上的法咖啡。「我這身嫌疑，看來永遠無法洗脫了。」

法咖啡則是滿臉驚愕的坐在地上，剛才約翰走路與錢鬼的戰鬥精彩絕倫，只是萬萬沒料到，原本勝券在握的錢鬼，最後會意外中箭落馬。

一道離散之雷，就這樣通過錢鬼頭頂上的離散之傘，然後直挺挺地貫穿錢鬼，當億萬瓦的能量回到地面，錢鬼就這樣掛了。

記憶中，老四錢鬼一直是個沉默卻幹練的高手，他出沒市井小巷，來歷神祕，當年因為敗給夜王，才甘心加入遊俠團。

如今，他竟然敗了。

老大失蹤，老五Mr.唐陣亡，現在連老四錢鬼都輸了，老三約翰走路當真這麼厲害？！

「還有誰？還有誰能阻止約翰走路？連錢鬼都陣亡了……」法咖啡看著約翰走路，忽然間，她發現約翰走路的腳步停了。

約翰走路的表情有些遲疑，有些困惑，然後他回過頭，看著地上錢鬼的焦屍。

有地方，不對勁。

散落一地的銅板嗎？不是。

錢鬼的衣著嗎？不是。

錢鬼還沒死嗎？不可能。

那，究竟是什麼地方不對勁？

這一剎那，約翰走路握住傘柄的手心，越擰越緊，越擰越緊，冷汗更是一滴滴的從掌心滲出。

戰鬥的直覺告訴他，有地方不對勁，但是，究竟在哪裡？

究竟在哪裡？

「剛才有那麼大？錢鬼背上那東西……」法咖啡在一旁喃喃自語，她有著不遜於約翰走路的敏銳觀察力。

錢鬼背上那東西？

「該死。」約翰走路低吼，手上的離散之傘，倏然張開，再度進入繃緊的戰鬥狀態。

因為，約翰走路的面前，一道陰沉的影子，已經從錢鬼背上冉冉升起。

蜈蚣之龍。

新的戰役，在約翰走路精疲力竭的此刻，再度上場。

台北，黑暗，時間是現在——

「這招『傘不離散人離散』真是漂亮。」男人對法咖啡形容的戰鬥如痴如醉，「先以傘在人的頭頂上進行定位，然後再召喚天空落雷，這樣強猛的絕招，專門針對一對一的戰鬥，真想會一會啊。」

「呵。」法咖啡苦笑一聲。「可是這招太耗靈力，如果不能在一擊之內滅殺敵人，兇險很高。」

「嗯，這就是絕招的特性。」男人閉上眼睛。「但這招其實還有一個更危險的地方。」

「嗯？」

「那就是唯一的武器，離開了手中。」

「嗯。」

「換句話說，如果敵人在落雷前，能夠及時反撲約翰走路的話，他是毫無抵抗力的，對吧？」

「嗯……沒錯。」法咖啡沉吟。

「不過，這錢鬼好像也不是一個普通人物啊。」男人說。「或者說，他背上的刺青不簡單。」

「喔？你也認為刺青不是錢鬼……」法咖啡抬頭，看著眼前這個男人，眼神中微微詫異。

「我認為，錢鬼確實已經死了，但是刺青卻還活著，那蜈蚣形態的龍刺青，搞不好是附在錢鬼身上的幽靈。」男人沉吟。「這樣說來，如果幽靈逃過轟天雷劫，接下來約翰走路就危險了。」

「我的天。」法咖啡的眼神中是越來越難以掩飾的詫異。

「怎麼？」

「為什麼，你不在現場，卻猜得如此準！？」法咖啡看著眼前粗獷的男人，這男人剛才還因為喪失記憶而沮喪困惑，如同一隻被雨水打濕的貓，現在卻對一場戰鬥有著精闢的分析，以及準確的判斷力。

還是，其實不是貓，而是一頭剛剛睜開眼睛的猛獅？

「哈。」男人搔了搔頭，「別這樣說啦，那接下來呢？為什麼這件事會讓妳這麼懊悔呢。」

「懊悔的原因。」法咖啡長長的吐出一口氣。「是因為約翰走路……他不是內鬼啊。」

場景回到法咖啡的回憶中，數日前的台北羅斯福路上——

影子，主宰了這場戰役的最後一幕。

一襲，從錢鬼屍體上，冉冉飄上的龍形蜈蚣。

牠足足有兩層樓那麼高，數十節粗大體節組成，渾身是甲殼昆蟲的深色光澤，數百條的足部來回扭動，只有頭部，那原本該是帶有一對顎足的頭顱……

如今，卻是一顆龍頭。

龍頭蜈蚣身，這好像是造物者故意創造出來，一頭既醜惡又不協調的生物。

「這是什麼？」約翰走路眼睛瞇起，「又不是玩家？更不是道具？還是……難不成，你跟夜王老大，是同一種人，你們是特殊玩家嗎？」

「你，就是，殺了，我前一個宿主的人。」蜈蚣的聲音乾枯，不斷扭動牠身體的體節……

……「害我，要再找一個新的，宿主。」

「宿主？」約翰走路皺眉。「你是需要宿主的生物？看樣子，老大夜王比你要乾淨得多，至少他不用找宿主。」

「宿主，宿主……」龍頭蜈蚣不斷扭曲身體，像是在搜尋空氣中的氣味，只是，牠最後的目標，卻不是停在剛才才擊敗錢鬼的約翰走路身上。

而是約翰走路的後方，暗巷牆角，那個正半坐在地上的女孩。

法咖啡。

「能量，好強的能量，而且，看不到盡頭的能量。」蜈蚣的扭動越來越激烈，像是興奮的在跳舞。「好宿主，讓我，讓我把妳的潛能，打開吧。」

「什麼……什麼潛能？」法咖啡驚疑不定，身體急忙往後縮。「你這隻怪物，別過來。」

「乖乖的……」蜈蚣搖晃著肥碩的身軀，慢慢的朝法咖啡方向推進。

蜈蚣的身體一動，原本緩慢推進的牠，忽然消失在柏油路上，一眨眼，牠已經飛躍過約翰走路的頭頂，直接撲向法咖啡。

「讓我附身吧！！！」

陰影，籠罩了法咖啡，看著從天而降，千百隻不斷蠕動的腳，夾帶著噁心殘破的龍頭。

法咖啡唯一能做的，就是試圖舉起雙手，召喚她僅存可以信賴的武器，『工數之鎚』。

可惜，她的手掌上，全都是黏糊糊的稠液，那是來自三腳蟾蜍的唾液囚具，鎖住了法咖啡的反擊能力。

她只能任憑這頭醜惡的怪物，離自己越來越近，越來越近……

她會被附身嗎？法咖啡的眼眶是憤怒與驚恐的淚水，這隻怪物附身在錢鬼身上，難道就是遊俠團「內鬼」的祕密？

難道真如夜王老大所說的，他相信遊俠團沒有內鬼，就算有，也是身不由己？

陰影，更深了，眼前的怪物又更近了……

法咖啡閉上眼睛，她好後悔，她不該如此輕易猜測誰是內鬼？也許遊俠團就不會自相殘殺？也許他們還能聯手抵禦這頭怪物……也許……

可惜，一切都來不及了。

怪物，就要來了。

只是，就在法咖啡閉上眼睛的同時，她的正前方，卻出現了一個熟悉的聲音。

溫柔的、勇敢的，打斷了法咖啡的眼淚。

「別哭啦，妳哭起來會很醜喔。」

法咖啡聽到這熟悉的聲音，倏地睜開眼，她只看一把傘，正安妥的在自己的頭頂。

握住傘柄的，則是那個西裝已經破碎，表情卻溫柔的男子，約翰走路。

而遠處，則是剛才幾秒鐘前，被約翰走路硬是用離散之傘，削去一條腿的龍頭蜈蚣。

只可惜，這頭怪物是蜈蚣，當你有上百條腿，通常就不會這麼在乎其中一條了。

「約翰，走路？」法咖啡顫抖著，「你……你不是沒有靈力了嗎？為什麼還要過來？」

「我跟妳說，我不是內鬼，妳總相信了吧？」約翰走路還在微笑。

而約翰走路的背後，那隻龍頭蜈蚣，已經站起，渾身散發憤怒而且凜冽的妖氣，正逐漸靠了過來。

「我、我知道。」法咖啡聲音顫抖，「現在的你，沒有辦法對付這頭怪物的，牠很強，強到連錢鬼都被牠附身了。」

「呵。法咖啡，妳知道嗎？」約翰走路還在笑，臉上沒拭去的血跡底下，不再帥氣，卻是真正讓人心動的溫柔。「還在現實世界的我們，第一次相遇，妳就是這樣替我撐傘的喔。」

現實世界？撐傘？

所以，她曾經見過約翰走路？

只是，約翰走路是現實生活中的誰？而且，他又為何知道地獄遊戲中，法咖啡真實的身分？

「而且，這也是我選擇以傘為武器的理由。」約翰走路淡淡的笑著。

「你……究竟是誰？約翰走路，你究竟是……？」

「給妳一個暗示。」約翰走路轉過身去，面對眼前這頭高大兇狠，來歷不明的怪獸。

「我，跟你們不一樣，我不是人。」

「不是人？」

約翰走路嘴角揚起，瞪著妖怪，旋轉著手上的離散之傘，準備迎接他生命中最艱苦的一戰。

「那天夜晚，」約翰走路還在笑。「我還記得妳在大雨中的笑容，妳的氣味，還有妳手上的傘。」

「嗯。」

「好大的雨啊，當時我從一個街角流浪到另外一個街角，雨水嘩啦啦的下著，我好餓，好冷，我渴望一個信任的眼神，渴望一個溫暖的氣味，渴望一個家。」約翰走路閉上眼睛。

「然後，那個時候，我遇到了妳。」

「嗯。」

「所以，當妳被地獄遊戲吸入靈魂，躲在一旁的我，沒有任何遲疑立刻追著進入了遊戲之中，在地獄之門的前面，我許下了這個願望，我要變成一個人，我要保護妳。」

「變成一個人？保護我？而且，在我昏迷的時候，你就在旁邊？」法咖啡眼睛睜得老大。「難道，難道……」

「是啊，那就是我。」約翰走路吐出舌頭，笑了。「錢妹妹，妳終於認出我了。」

然後，法咖啡的記憶，就這樣停止在這個時間的碎片裡。

約翰走路那溫柔燦爛的笑容，彷彿在夜空中用白色蠟筆，用力畫出一個微笑的弧度，這樣的純潔，也這樣的讓人難忘。

然後，法咖啡就帶著悔恨，被三腳蟾蜍突襲，甚至失去了意識。

黑暗中，法咖啡說完了這個故事。

「我說完了。」法咖啡說到這裡，低下頭。「我是真的對不起約翰走路，是我害死了他。」

「嗯。」粗獷男人看著短髮的法咖啡，露出悵惘的表情，一時間，也只能沉默以對。

「不過，也許約翰走路沒死……」

「沒死？」

「是的，這龍頭蜈蚣怪物既然是靠著附身來維繫生命，自然不會讓約翰走路死才對，只是……」粗獷男人嘆了一口氣，「也許這樣的狀況，是比死還難過。」

「嗯，所以我覺得好內疚，好內疚。」法咖啡摀住臉，輕聲的說。

「唉，問世間，情為何物，直教人生死相許。」男人重重嘆了一口氣，「約翰走路雖然外表輕浮，私底下也是一個講情重義之人啊。」

「嗯。」法咖啡也抿著嘴，點頭。

「不過，我倒是很好奇，妳故事中那頭龍頭蜈蚣身的怪物……」粗獷男子沉吟。「究竟是什麼東西？」

「我不知道，我只知道牠的來歷絕對和我與約翰走路不同，也許和老大夜王有些類似，啊，對了，我記得牠在攻擊約翰走路之前，有提過一件事……」

「喔？什麼事？」

「牠說：『只要殺掉了阿努比斯……』」法咖啡說到這裡，聲音停頓，因為她發現，眼前粗獷男人的眉頭忽然皺起，表情微變。「你、你還好吧？」

「我沒事，請、請繼續說……」男人抓著自己正在增快的心跳，腦海中似乎有個東西正在嗡嗡作響。

他聽過阿努比斯，沒錯，在他因為某事而失去記憶之前。

「嗯，」法咖啡點頭。「而且，那隻妖怪還說：『只要殺掉阿努比斯，濕婆就會讓我進入黑榜十六強中了。』」

黑榜十六強？濕婆？阿努比斯？

男人的雄軀，再度震動起來。

他記得黑榜十六強，他記得濕婆，他記得阿努比斯，這三塊拼圖，彷彿正在他腦海中急速盤旋，找到拼圖最適合的位置。

「你還好吧？」法咖啡看到眼前男人的表情，越來越怪異，也越來越凝重。「這句話我是聽不懂，難道你知道什麼是黑榜十六強？還有為什麼會牽扯到印度古神濕婆？」

「黑榜十六強……」男人抱著頭，喃喃自語。

「什麼？」

「我想，如果我的殘存記憶沒錯。」男人抬起頭，表情虛弱，眼神卻閃過一絲霸者冷光。「我不只知道黑榜十六強。」

「嗯……」

「而且，我還是十六強之一。」

就在同一時間，陽明山上，一個不速之客，踏著穩重的步伐，來到了山頂，他抬起頭，卻看到一片超乎尋常的茂密森林。

陽明山脈，這聳立在北台灣最後一塊神祕野獸叢林，原本是千頭猛獸的聚集地，如今，卻來了另一個比他們更像野獸的兇獸。

胡狼，來自古老埃及的胡狼。

「人家說，陽明山是台北僅存的野蠻天堂，人類在這裡只是野獸的獵物。」這頭穿著黑衣，動作中充滿霸氣的人形胡狼，他笑了。「今天，就讓我來改寫歷史，讓那些野獸知道，被當成獵物的滋味吧。」

這具有胡狼血統的男子，當然不是別人，

而是阿努比斯。

一個準備打造斐尼斯墓碑的埃及雕刻師。

不過，正當阿努比斯要撥開這片叢林，往裡面尋找法咖啡之際，忽然，他的前方出現了一名男人。

一名穿著深灰色斗篷，外表看起來有些落魄的男人。

阿努比斯停步，甚至沒有掏出防禦性的獵槍，因為他認出了這男人的身影。

「你是……」阿努比斯瞇起眼睛，「老三？」

男子用雙手脫下斗篷的頭套，露出了他英俊精緻的臉龐，只是這臉龐上，卻帶著一絲無法形容的詭異黑氣。

「是的老大。」男子低下頭，做出臣服貌。「我約翰走路，特地前來協助您了。」

第三章《守護者貓女》

第一次見到你，是在焚燒的地獄列車上，那時候的你，看起來明明年紀很小，卻有一雙智慧卻滄桑的眼神。

那時候開始，我就知道，我們是同一種人。

同樣經歷過漫長歲月，同樣承受無法言喻的悲痛，也同樣，選擇微笑與孤單的活下去。

接著，你點燃了戰火，我們交手，我沒有啟動巫術，一如你沒有動用道術，於是你安然離開了車廂。

就算接下來我必須面對地獄政府的拷問，與濕婆的追殺。

我沒有後悔。

讓我想起乾哥賽特曾說過，「遇見愛情，就算失去一切，我也從未後悔。」

一如，我遇見你。

少年H。

（此文獻，乃一年前，貓女貝斯特於地獄列車事件被捕後，刻於監獄第十三塊磚頭之後。）

地獄遊戲，新竹東門城下——

數千名兵將圍成一片如同汪洋的城池，旌旗遮天，聲勢威嚴，而軍隊的核心，卻是一座傲視新竹百年的古城。

東門古城，一名黑髮少女的長髮飄揚，她眉目冰冷，悠然挺立，如同夜之女神，守護著比她生命還要重要的東西。

一具屍體，少年H的屍體。

「貓女啊，」董卓肥碩的身軀，立在貓女的前面。「我不懂，以妳的速度，要跑到天涯海角都沒人追得上妳，偏偏要守著一具死人屍體？妳是瘋還是傻了，真讓人搞不懂啊。」

「瘋？傻？」貓女歪著頭，嘴角揚出一個好淡好淡的笑。「人遇到愛情，哪一個不是變瘋變傻？」

「咦？妳這話，倒是挺有哲理的。」董卓搔了搔肥腦袋。「這年頭，有臉蛋又有腦袋，還會搞暗殺的女孩，真的不多了，我原本特別喜歡這樣的辣手正妹，只可惜……」

「嗯。」貓女不予置評。

「只可惜，濕婆老大才剛剛下了格殺令。」董卓吐出粗肥的舌頭，露出貪婪與饑渴的模樣，「那就是，毀去少年H的屍身，獎賞由濕婆老大親自頒發。」

「嗯，有趣。」貓女的表情依然淡漠，只是，她的雙手十指，卻同時伸展出銳利爪光。

這是貓女數千年來，在無數暗殺中最得力也最簡單的武器。

貓爪。

「哼，有趣？」董卓冷笑。

「少年H既然死了，為什麼濕婆還要追討他的屍首？」貓女揚起頭，微笑。「董卓，你喜歡吃罐頭嗎？」

「咦？……罐……頭？」

「不用咦，因為你很快，就會變成一堆又一堆的肉罐頭了。」

貓女瞇著眼睛笑了起來，這一剎那，董卓感到背脊微微發涼，因為他彷彿又見到了，貓女還未失魂落魄之前，那殺手女王的迷人模樣。

動作。

貓女的動作，靜止了。

在董卓的眼中，在千萬兵將的眼中，貓女的動作靜止了，而且，靜止得那麼不自然。

像是一滴水，在墜落入水池之前，那泛起波紋的深藍色瞬間。

不，不是靜止，貓女不是靜止。

而是速度太快，快到人眼中的玻璃體失去了捕捉的能力，僅存剩一座徒然的殘像。

那貓女的真身呢？

她，已經來到董卓的面前，她的長髮飄逸，幾乎要貼到董卓的胸口，微笑。

然後，爪子一起一落。

就要把董卓一爪戳開。

可是，貓女的爪子是透入了董卓的身體，卻沒有濺出半滴血，甚至半滴油。

有的是，一種空虛感，擊中殘像的空虛感。

「夠快，我超愛的。」董卓的笑聲，已經在貓女的背後傳來，同樣的極速，同樣的超越眼睛捕捉的速度。

然後，董卓的手高舉，五指合成巨大巴掌，掃向貓女。

這巴掌彷彿千金重量，直壓向地面，地面垮拉陷落，只是，掌底早已失去貓女的蹤跡。

貓女，去哪了？

董卓手背上，一絲長髮，緩緩飄落。

然後，他抬頭，兩道金光，一左一右，在他面前畫出華麗的十字。

是貓爪的金光，如同死亡天使從天而降，燦爛的金光。

董卓唯一能做的，是閉上眼睛，還有提醒自己，在這樣的高速中，還要記得呼吸。

眼白混濁，鮮血上湧，董卓一隻眼睛，被貓女爪子挖去。

「嘖，」貓女的聲音中是難得的讚美，「我已經認真了，還只能割下你的一隻眼睛，你很厲害啊。」

「如果，妳已經認真了。」董卓咬牙，失去單眼，讓他完全無法聚焦。「那妳就要小心了。」

「喔？」

貓女忽然感覺到呼吸困難，她環顧四周，何時？她已經被董卓的雙手緊緊箍住！

「因為，我才剛剛要開始認真而已啊！」董卓狂笑，雙手往內一擠。

沒辦法動，這雙臂箍得好緊。

貓女咬牙，這董卓不僅是身體輕速度快，還擁有能瞬間讓自己肉體加重的能力。

所以，這董卓的能力，不是速度而已？他能操縱重力？讓自己一會輕如羽毛，一會重如鋼鐵？

手臂再度內縮，貓女的呼吸又是一窒。

「抱美女真是令人開心的事。」董卓左眼滿是鮮血，流滿臉頰。「況且，還可以把妳硬生生給抱到死。」

「哼。」貓女呼吸又是一窒，胸口肋骨開始崩裂，還是掙脫不了。

這董卓，難纏啊。

「乖乖的放棄掙扎吧。」董卓再度施力，要靠雙手絞殺貓女，絕對不是容易的事。

但，他已經幾乎要做到了。

「厲害，我要用第二招囉。」貓女嘴角一笑，閉上眼睛，同時，她的嘴裡開始默唸起一串讓人不懂的聲音。

這串聲音。

三個音節，七個音節，五個音節，乍聽之下毫無道理，卻隱藏一種震人心魄的魔力。

「該死。」董卓的雙手再度用力，死命的用力。「這是咒文！所以妳在施法？」

貓女聽到自己肋骨斷裂的聲音，她還是溫柔的笑著，「錯囉，它不叫施法，它叫做，巫術。」

以口語施展巫術的鐵則，就是當咒文越長，越複雜，能展現的威力就越強。

貓女知道，這董卓能用一隻眼擒獲自己，能操縱重力，就絕對不是一般巫術能對付的。

所以一開始，她就選擇長的咒語，她要一擊，就讓董卓灰飛煙滅。

董卓是何等聰明的人物，不然也不能破壞東漢王朝，揭起三國紛沓百年的歲月，他意識到，當貓女這串長到不合理的咒文結束……

毀滅，就隨之而來。

唯一的辦法，就是比咒文快。

快一步，勒死貓女。

「時間。」董卓滿臉鮮血，卻咧嘴的笑了。「我們在做時間競賽啊，看是妳先唸完咒文，還是我先把妳勒死。」

貓女沒有說話，她還有十七個音節，以及最後的一個「破」字。忽然間，她想起了少年H，還有他最拿手的道術符咒。

臨兵鬥陣皆陣列在前。

「H啊，你的咒語，最大的好處，就是唸起來比較快，」貓女閉上眼睛，默想著，「可惜，我沒學會你那一招。」

卡。

貓女清楚聽到自己胸骨裂紋出現的聲音。

還有，十二個音節。

董卓雙手像是發瘋似的，不斷箍緊，「快死吧，還不死？怎麼還不死？」

貓女安靜的唸著咒語，彷彿她身體所有的痛楚都不存在，她的思緒，已經越過重重的回憶，飛回到那個地獄列車上，少年H推開車廂門的瞬間。

還有，七個音節。

肋骨不再怪響，全數斷光。

而董卓的肥手，終於壓迫到了貓女心臟。

心臟，這生命的幫浦，也開始在狹小空間中激烈奮戰。

還有，四個音節。

「吼！」董卓尖吼，雙手往內擠到極限，皮膚下的血管，也承受不住洶湧而來的力量，爆出一片鮮紅。

貓女的心臟被擠迫，每一下跳動，都艱辛無比。

還有，兩個音節。

「死吧。」董卓的最後一下擁抱，釋放出他在地獄長達千年歲月的憤怒與怨恨，釋放出摯愛女人貂蟬，卻遭自己乾兒子呂布搶走的痛恨，釋放出對自己橫霸天下，最後卻只是一具東市無名屍的悲憤。

恨，變成一襲殺死靈魂的擁抱，然後爆裂。

卡！

一個清脆的聲音，從貓女的體內響起，這聲音簡單卻又可怕，原本外圍那些紛亂的雜音，都同時靜了下來。

沒有明說，所有人卻都知道，這是死亡的聲音。

貓女的嘴唇，停留在最後一個音節，也就是最後啟動巫術的關鍵語「破」的前一個音節。

巫術沒有完成。

就差一個字，破。

董卓鬆手，貓女五臟盡碎，屍身緩緩滑下，連最後一絲生命力都粉碎在空氣之中。

「呼呼呼呼呼……」反而是董卓不斷喘氣，無法動彈的雙手軟軟垂下，他一身鍛鍊千年的靈力，也在這一波生存與速度競賽中，幾乎消耗殆盡。

「呼呼……好強……好強的貓女……要不是犧牲我一隻眼珠……也不可能逮到妳……」

董卓看著躺在地上，原本身材窈窕的貓女。

一頭絲絹般的黑髮，在地面上，優雅的往四方散開。

死了，死透了。

「呼呼……呼呼……好強……這就是黑桃皇后的實力嗎？」董卓自言自語中，嘴角卻忍不住揚了起來。「可是，還不是我的對手……這場大功，絕對會……呼呼……讓濕婆……對我……另眼相看……」

董卓開懷的笑了，一身肥肉隨之抖動，轉身就要離開。

只是，一個聲音，卻在這時候，打斷了董卓的笑。

「才不是，這才不是我的實力。」

董卓的動作停了，喘氣停了，因為，瞬時之間他的腦袋混亂了

這聲音，來自他背後的地上？

剛好，就是貓女橫死的地上？

「我啊，還有一個見過的人，都已經死掉的巫術喔。」

董卓慢慢的轉身，讓眼珠轉動，轉到剛才激戰的最終點，那襲撒落一地的華麗黑髮。

放射狀的黑髮，正在慢慢的，慢慢的往內縮。

不，不是往內縮，而是因為貓女的頭正在往上抬，每往上抬動一分，黑髮也就隨之收攏，乍看之下如同黑髮內縮。

貓女的頭，正在往上抬？

她、她不是死透了嗎？

「這項隱藏巫術，剛好叫做，」貓女的眼睛睜開，碧綠色的貓眼，動人心魄的瞳孔。

「九命不死。」

董卓開始叫，用盡生命力的狂叫，同時雙手舉高，再度匯聚靈力，妄想啟動改變重力的特殊能力。

可惜，他所做的一切，真的都只是妄想而已。

因為，貓女說話了。

輕柔的、細語的，甚至帶點迷人的，說出了她巫術最後一個音節。

「破。」

然後，巫術啟動。

最強的巫術，曾經吞噬濕婆四大刺客中，孔雀戰神的超級巫術，正式啟動。

董卓眼前的一大片天空，忽然凹陷下一個黑色小洞，黑色小洞開始旋轉，越轉越快，越轉越大。

直到，黑洞已經比董卓肥大身體大上了足足三倍。

「這巫術有個怪名堂，它叫做……」貓女起身，抹去臉上的血跡，她胸口傷口已經不復見。「小叮噹的無限空間。」

「小……小叮噹？」董卓全身顫抖，「怎麼聽起來像是我兒子會喜歡的東西？」

『小叮噹的無限空間』這招就像是一頭能吃下一切的黑色怪物，張牙舞爪，瞬間撲向董卓。

它無須任何攻擊，只是移動。

而且，只是移動，就帶有無比的毀滅能力。

只見它瞬間移動董卓的雙腳位置，於是，董卓的腳消失了。

「啊啊啊，」董卓驚叫，雖然不痛，卻是更可怕的「虛無」，彷彿自己從來就沒有這雙腳，那種空虛的感覺。

事實上，「完全不存在」的感覺往往比「劇痛」，更讓人驚惶與折磨。

「巫術之門是一隻貪吃鬼。」貓女坐起身，優雅的看著自己的巫術傑作。「被它咬中，你是絕對逃不了的。」

巫術之門又再度移動了，這次，它開始往上……

董卓的腰部消失了，胸口消失了，雙手雙腳都消失了，而巫術之門，還在往上移動。

沒有一絲醜惡的鮮血腦漿，沒有一點激烈的咬合掙扎，巫術之門只是平順的移動著，就這樣殘酷的奪去了董卓的身體。

一點殘渣，都沒有剩下。

「貓女。」剩下一顆頭懸浮在空中的董卓，只覺得全身上下都失去了知覺，那一種空虛的疼痛，一無所有的疼痛，讓他只求一死。「我認輸了，黑桃皇后果然厲害。我只求妳，殺了我。」

殺了我吧。

「好，成全你。」貓女閉上眼睛，手一揮，巫術之門，又再度開始移動。

董卓的長鬍子被吞入。

嘴巴、鼻子，然後，眼睛。

董卓的眼睛中，深深的映著這片激戰後的藍天，屬於新竹，屬於東門城的藍天。

還有眼前這擊敗自己的高手，黑桃皇后，貓女。

只見貓女雙手合十，姿態凝重，如同少年H每次與強者戰鬥後，都會擺出的尊敬姿態。

「董卓，你是個好對手。」貓女閉上眼睛，「謝謝你，這場仗，很過癮。」

貓女躬身，然後，巫術之門消失。

董卓消失。

戰鬥，結束。

「呼。」貓女重重的吐出了一口氣，轉過頭。「好厲害的角色，剩下的，就是他帶來的這群蝦兵蟹將……咦？」

貓女才轉頭，眼前的畫面卻無情的昭告著，天地再度變色，一場新的風雲即將降臨。

東門城下，千軍萬馬間，卻只聽到貓女惶急的尖叫。

「你是誰？別動，別動H的屍體！」

新竹，交大廟門口——

土地公剛剛展現了驚天動地的蚩尤真身，以壓倒性的力量，擊潰了象神的曼陀羅棍。

象神倒地，一雙藍白拖鞋則壓住了象神胸口。

象神雙眼緊閉，不發一語。

「欸，你再不說話，再不回答你對H小子做了什麼？我可是要用刑了喔。」土地公轉動腳上的拖鞋，威脅的說。

「……」

「真不說？」土地公的靈力慢慢灌注到拖鞋之上，只見拖鞋由藍轉紫，正是靈力衝頂的證明。

「哈哈哈，哈哈哈哈！」

不過，就在此刻，一陣笑聲，卻從象神的嘴裡發了出來，硬是打斷了土地公的拷問。

「有什麼好笑？」

「黑桃Ace，蚩尤，古老中國的戰神，打從六千年以來和黃帝爭勝，甚至到地獄名列黑榜，就從來沒聽過他動過刑，沒聽過他對妖怪嚴刑拷打，所以他是被妖界最響叮噹的好漢。」象神睜開眼睛，虛弱的微笑。「您老說要用刑？就別騙我了。」

「嘿。」土地公抓了抓頭髮，拖鞋再度轉為冷藍色。「你這智慧之神會不會太聰明了點啊，媽啊，連這件事都被你摸透了。」

「嗯。」象神看著土地公，「蚩尤大妖為什麼會被尊為黑榜首席大妖，除了一身難以估計的強大妖力外，更重要的他是群妖中，極少數講『道義』的妖怪，光說這點，我就對你敗得是心服口服。」

「再捧我，我也沒糖果給你吃。」土地公嘿嘿一笑。「不過，你既然摸透了我的個性，那就麻煩了，我該怎麼樣讓你說出心中的祕密呢？」

「這件事，」象神重重的嘆了一口氣。「我可以自己說。」

「真的假的，你願意自己招了啊？」土地公嘻嘻一笑。「來吧，省得我去地獄商店買道具，逼你把話說出來。」

原本，土地公的眼珠骨溜溜的轉著，正在腦海中盤算著，是不是該去買點『真心話大冒險帽子』，或是『抓猴專用自白藥劑——美國FBI出品』等等的怪異道具，不用拷問，也有其他的辦法啊。

沒想到，象神這狡猾的傢伙，就自己招了？

有陰謀，肯定有陰謀。

「我會告訴你一切，但希望您能答應我一件事。」

「嘿，果然有陰謀。」土地公發出嘖嘖的聲音。「什麼條件，快說吧！」

「放心，這件事絕對不會違背您的原則，這不是一個條件，只是我和您之間的默契。」

「喔？」

「我只希望，今後無論事情如何發展，都請您，不要殺一個人。」

「誰？」

「就是……」象神虛弱一笑，靈力凝聚指尖，在手掌寫了三個字。

光寫這幾個字，就已經讓象神氣喘吁吁，可見他接連和少年H及土地公兩大高手戰鬥，早已將靈力給消耗殆盡。

「什麼？他？！」土地公看到名字，訝異之情溢於言表。「不殺他當然沒問題，只要這傢伙別動到我頭上，但，你為什麼要保他？」

「呵呵，土地公老大，一個問題換一條命。」象神嘴角揚起。「我建議你把問題用在比較有用的地方。」

「你這狡猾的傢伙。」土地公一笑，「我碰到你，就像是少年H遇到我，就像秀才遇到了兵，好吧，我答應你了。」

「謝謝黑桃A……」

「那現在，該我問問題啦。」只見土地公把臉湊近了象神。

「嗯。」

「你，到底，」只聽到土地公一字一句慢慢的吐出了心中的疑問。「對少年H做了什麼？」

象神的眼神緊緊看著土地公。

然後他重重吐出一口氣。「我……讓他去旅行了。」

「旅行？」土地公眉頭一皺。「什麼意思？你是專辦『印度旅遊的猛象旅行社』嗎？」

「我是旅行和書本之神，讓一個人去旅行，又有何難？」象神嘿嘿一笑，「只是，我讓少年H去的地方，卻是一個最靠近死亡的地方，那裡就是生與死的交叉點。」

「咦?」土地公愣住,「還有什麼地方,是生與死的交叉點?」

「當然有。」象神比了比自己的腦袋,「你知道瀕死體驗嗎?」

「瀕死體驗?」土地公喃喃自語,「那不是人類醫學中,說人類快要死的時候,所會見到的光景?」

「沒錯,在人類即將死亡之前,會回溯生命中所有的悲傷與快樂,最後會在最悲傷的記憶停格,這就是瀕死體驗。」象神說,「人類有,誰說身為靈魂,身為神與魔的我們,沒有瀕死體驗?」

「嗯,這部分可能要問專搞靈魂醫學的,華佗或是黑桃J了。」土地公摩挲著下巴。

「可是,你把少年H送到了那裡之後,又代表什麼?」

「代表的,就是少年H即將回到自己生命中最悲傷的記憶,若是他能夠從中掙脫,也許能回到現實,回到地獄遊戲之中,若是不行……」

「不行……會怎樣?」

「當然,」象神笑了,彷彿嘲諷著命運般的笑容。「當然就死啦。」

「所以,你把少年H送回夙願之地……」土地公看著象神。「果然是旅行之神。」

「是啊,這就是我的能力,雖然殺不了人,卻可以讓他旅行到夙願之地,等同於殺死他……」象神說完,眼神閃爍著奇異的光芒,「不是嗎?」

「夙願之地,旅行,殺死他……」土地公皺著眉,喃喃自語,雖然眼前象神說得合情合理，他卻始終覺得，少了點什麼……

有一個地方，不對勁。

這一長篇合情合理的故事中，每個環節都合理，唯獨一個部分，一個最重要的部分，是不對勁的。

只是，這個被土地公遺忘的部分，究竟是什麼地方？

「怎麼？」象神看著土地公，那受過無數智慧歷練的眼神，閃爍著狡猾的光芒。

「不對。」土地公的拖鞋又再度舉起，被喻為清交三寶的鞋，閃爍凜冽紫光。

「哪裡不對？」

「如果，你真的殺了少年H，那，」土地公冷冷的看著象神，「你為什麼會想尋死？」

「啊？」

「所以，你不想真正殺少年H，對吧？」

「笑話。」象神呸了一聲，但聲音中，卻隱藏著極細膩的顫抖。「我為什麼不殺他！」

「因為，你希望少年H活下來，為你做某件事。」

「喔？」

「一件當被發現，你就會想尋死的事。」土地公說到這裡，做出模仿福爾摩斯抽菸斗的動作。「柯南說，真相會自己找到回家的路，現在，一切謎底都已經解開。」

「哼，什麼事？」象神看著土地公，聲音卻越來越顫抖。

「會讓孝順而忠誠的象神，想要一死了之的事，那肯定就是……」土地公把嘴巴靠近了象神。「**你，想要背叛濕婆，對吧？**」

「啊！」象神的表情大變，這一次，連小學生都看得出『這一題，土地公猜對了！』。

「你想背叛你父親，是想接管整個印度神界嗎？或者是乾脆拿下地獄遊戲的夢幻之島？」土地公聲音咄咄逼人。

象神咬著牙，沒有說話。

「一定是的，我猜對了吧？嘿嘿，我想打從你的頭被自己父親打掉以後，一直都懷恨在心吧。」土地公嘿嘿的笑著，「我只是沒想到，你的野心這麼大啊。象神。」

「錯！」

象神抬起頭，他的表情，在那一瞬間，竟讓得意洋洋的土地公遲疑了。

「錯了！」

象神的表情，絕對不是施詭計被抓到的「恐慌」，不是想要取代自己父親的「貪婪」，也不是與土地公鬥志的「奸詐」，而是……

悲傷。

一股如巨大海浪般的悲傷，在象神的五官中翻湧而出。

「為什麼……錯了？」土地公遲疑著。

「土地公，不，蚩尤，您的眼光真的很犀利，也猜到了我試圖隱藏的部分。」象神深深的苦笑著，「但，事實上您卻猜錯了，猜錯的原因，是您始終沒搞懂的部分，我對父親的情感。」

「對父親的情感？」土地公雄軀一震，土地公想起了數千年之前，他還是橫霸南方的魔神之時，他沒見過爸爸，他甚至連媽媽都沒見過……除了那個願意接納他的爺爺，神農氏。

「我是背叛了濕婆大神，我的父親。」象神的眼神含淚，屬於象類的深皺眼角，盈滿了淚水。「但，我知道，這次，我是為他好，所以才不得已背叛。」

「為老濕好？」

「我的智慧，讓我預見了地獄遊戲的真面目，這個存在於人間與地獄的神祕怪物，其實，就一直在我們的面前，只是我們視而不見。」象神苦笑，「更何況，無論是命運或是時機，都直指著一件事實，我父親，會輸，會失去一切。」

「哼，老濕會輸？會輸給伊希斯嗎？」

「不……」象神閉上眼睛，聲音越來越虛弱，「不是……」

「那輸給誰？綜觀遊戲，還有誰能擊敗老濕？」土地公聽出了象神話語中，隱藏著非常重大的天機。「還有，你說地獄遊戲的真面目，早就是我們熟知的東西？那東西是什麼？」

「我……其實……不恨我父親……」象神完全沒有回答土地公的問題，反而語無倫次起來。「我很敬愛他……」

「什麼？」

「所以……我絕對不可能……背叛他……我只是求……」象神的眼神完全失焦，更可怕的是，一條蜿蜒的血絲，如同一條豔紅的毒蛇般，從他的額頭處流了下來。

「求？」土地公看著象神，赫然發現，象神的氣息越來越弱，接連兩場大戰，耗去了象神所有的生命力嗎？

還是，因為象神早已失去了求生的意志？

「求……跪求……少年H……」

「求少年H？」土地公訝異了。

「……打敗……我父親……」象神的眼神迷濛，「不要……越陷……越深……」

打敗濕婆？

少年H打敗濕婆？

這一剎那，土地公張大了嘴巴，他雖然和九尾狐在窺探天機的過程中發現，少年H和阿努比斯兩人的命格極為特殊，甚至牽動地獄遊戲人神魔的命運。

卻不知道，象神竟然如此看得起少年H！

少年H有朝一日，難道真的可以成為打敗濕婆的人？

真的嗎？

而就在土地公腦海混亂之際，象神笑了，帶著兩行熱淚的笑了。

「我的父親濕婆，我很尊敬他喔，我還記得我小的時候，每次聽到我媽媽雪山女神說起父親的故事，我都好嚮往，好嚮往，他是統御整個印度神界的憤怒戰神，額頭的第三隻眼睛睜開的時候，千萬妖魔會在瞬間灰飛煙滅，我好想見他，一直到……他親手毀去了我頭顱，替我換上了象頭。」

聽到象神如此順暢的說話，土地公默然。

因為他知道，象神此刻，是迴光返照。

象神死前，最後的一口氣，就要吐出來了。

「我還是沒有恨他，可是，我卻感覺到父親對我的異狀，他對我歉疚，又對我生氣，氣我不該讓他犯下這樣的大錯，所以他和我保持距離，卻選擇給我所有的兵馬，僅次於他和黑色羅剎王的權力，但是，他卻沒有給我一項東西，一項應該是最基本，也是我最渴望的一項東西。」

象神看著土地公，眼神卻飄向遙遠的天空，那屬於印度文明，炎熱且湛藍的東方天空。

「那項東西，就是我生命最渴望、最祈求的……」象神的一滴眼淚，滑過臉頰。「父愛。」

父愛……土地公聽到這裡，重重的嘆了一口氣。

我又何嘗沒有被自己親生父親抱過呢？

「你知道嗎？土地公，我爸爸從來沒有抱過我喔，他抱過孔雀王弟弟，卻沒有抱過我，自從那件事之後，他就開始內疚，內疚到無法靠近我。」象神的呼吸漸漸淺了。「我只希望，父親一次真正的擁抱，像父子般一個熱誠的擁抱。」

「象神……」土地公看著象神。

「土地公……我沒有後悔……」象神苦笑，氣息越來越弱，「我沒有後悔……」

「嗯。」

「沒有……後悔……」說完這句話，象神的頭慢慢的沉了下去，眼睛閉上，宛若沉睡，再也不動了。

土地公只是安靜的看著象神，以他的力量要阻止象神死去，其實是易如反掌，但他卻沒有這樣做。

他只是伸出手，摸著象神的象頭，然後，土地公閉上了眼睛，默唸著輕柔的咒文。

咒文源自古老的中國妖界，卻不帶任何兇狠的靈力，溫柔的如同母親扶著嬰兒搖籃詠唱。

而在土地公的詠唱下，奇異的事，緩緩發生。

巨大象頭漸漸消失，取而代之的，是一名面目清朗的少年臉龐。

「老濕的法力和我同一個級數，要我短時間破解，難度太高。」土地公微笑，「但是，至少，我可以在你死後，還你一個真正的面目。」

象神沒有回應，臉上卻再也無任何遺憾。

而他死前最後微揚的嘴角，卻彷彿在回答著土地公最後的溫柔。

然後，象神的身體消失，徒留下地上滿地的道具。

交大門口，殘破的廟口廢墟上，只剩下土地公望著湛藍的天空，久久不語。

父親，我也沒見過自己的父親啊，我只聽神農爺爺說，身為神族的母親愛上了巨人魔族父親，所以兩人才會成為最後的犧牲者，不過這已經是上萬年前的故事了。

土地公長長吐出了一口氣，眼睛重新聚焦，然後臉上慢慢恢復那原本滿不在乎的嬉皮表情。

「不想了，不想了，越想只會越傷心而已啊。」土地公嘻嘻笑著，「少年H如果真的只死了一半，那接下來，就有很多事情要忙了。」

新竹，東門城下，貓女的尖叫聲言猶在耳。

「你是誰?別動，別動H的屍體!」

順著貓女驚惶的眼神，東門城下，一個看似憨傻的中年男人，不知道何時，蹲在少年H的屍首旁邊。

他鼻涕懸掛在嘴邊，動作痴傻。

他抬頭，看見貓女，露出看似無害的笑容。

「這個人死掉了欸。」那男人傻傻的笑著，摸著少年H的胸口。「死人怎麼可以不燒掉，這樣會造成景觀污染喔。」

「你是誰？」貓女意識到危機，靈力盤桓雙掌，十爪映出凜冽清光。「竟然趁著我和董卓作戰的時候，鬼鬼祟祟的溜到少年H身邊？」

「我是誰？」男人抓了抓頭髮，「怎麼搞的，我在三國演義中，好歹也是一個當過皇帝的人欸，怎麼老是沒人認得我，很傷心欸。」

「皇帝？」貓女的腳尖輕輕往前踮，她要拉近和男人的距離。

只要，她和這怪男人的距離進入了她的攻擊範圍內……

一刀。

只要一刀，就可以把這怪男人的脖子，給整齊削斷。

「妳不認得我，但我認得妳，妳是貓女。」男人還在笑，右手摸著少年H的胸口，「而且我更認得，妳殺人，只要一眨眼，所以……」

「所以？」貓女的腳尖又往前踮了幾步。

距離，正在拉近。

貓爪尖的冰冷妖力，也正在凝聚。

「所以，就請妳別再靠過來了……」男人咯咯的笑著，用力吸了一口鼻涕。「我知道妳很接近我，當過皇帝的我實在太有魅力，但，妳只要偷偷往前踏一步，我就發動靈力燒屍，少年H就不再是屍體，而是骨灰啦。」

「哼。」貓女的腳尖陡然停住。

這怪男人，外表看似傻笨，事實上，也是一頭老狐狸啊。

「我建議你不要威脅我。」貓女的頭慢慢抬起，眼神綻放狠戾凶光，睥睨眼前男人。

「因為，我一定會找到破解的方法，然後會讓你痛不欲生。」

怪男人憨傻肥胖的臉龐，先是注視著貓女，然後身體慢慢縮了起來，露出害怕的表情。

「貓女，妳、妳好可怕，好可怕，我怕怕。」男人縮成一團。「不過，幸好……」

「幸好……」貓女皺眉。

「幸好，」男人的臉上，瞬間由畏縮變成了得意的陰險。「要和妳打的人，不是我。」

「不是你？」

這一剎那，貓女彷彿感覺到什麼似的，猛然回頭。

一尊暗紅色的巨大盔甲，不知何時，完全籠罩住了貓女。

「怎麼可能？你什麼時候出現在我背後的？你為什麼沒有人的氣味？」貓女大驚，雙腳一蹬，才要往後躍開。那盔甲，動了起來。

而它的手上，一根粗大的方形大戟，就在這一動，帶出火山爆發般的力道，跟著甩了出去。

中！

貓女，只覺得胸口傳來一股無與倫比的撞擊力，然後是清脆整齊的肋骨折斷聲，胸骨碎裂聲，最後是背部肌肉的撕裂劇痛。

透！

然後，貓女看見自己的胸膛，那根銀色戟頭沒入，然後從背後透出。

自己的胸膛被這把戟給穿透了？

快退！

而且，戟勁餘威未盡，貓女踉蹌在地上一蹬，卻抵消不住這戟強猛的衝勁。戟的力量繼續往前暴衝，貓女甚至被這股力量給帶離地面，雙腳離地，直直往後飛去。

「厲害。」憨傻男人鼓掌。「果然厲害，不愧是三國戰兵中之王，方天畫戟。」

貓女呻吟了一聲，長戟帶著她飛過了數十公尺的天空，最後，粉屑紛飛，直接釘入了東門城的城牆上。

東門城，這座經歷無數戰火，斑駁的石牆上，懸掛了一只孤單癱軟的身體，貓女。

貓女雖然被摜在牆上，臉上，卻依然保持迷人柔媚。

她看著地面上，那尊身著紅色盔甲的身影。

「你是誰？為什麼我聞不到你的氣味？你是人嗎？啊……你……」

「……」那人沒有說話，只是慢慢的抬起頭，頭盔之中竟然沒有一張該出現的人類臉龐，而是一雙發著幽幽綠光的眼睛。

更令人詫異的還在後面，這盔甲之中不僅沒有臉龐，甚至連血肉之軀都沒有，它只是一副盔甲，一副連身的盔甲！

盔甲上的刻紋極為精細，而盔甲上那些在戰場上留下的風沙砍痕，不但未減損盔甲的價值，反而提升了它從千軍萬馬浴血而生的狂者氣勢。

可以想見，這盔甲的主人，曾是一名多麼威風厲害的武將。

如今，主人已經不在，只剩下生前這襲深紅的血色盔甲，殘破的灰色披風隨風舞動……

……

乍看之下，這尊盔甲既威武又詭異，卻又讓人不免感到一陣寂寞。

主人不在，徒剩下縱橫天下的寂寞戰甲？

「你不是人，所以沒有實體，難怪我聞不到氣味……」貓女的傷勢極重，卻依然慵懶迷人。「可是光看你盔甲的氣勢，就知道你生前絕對是一名威震八方，縱橫時代的戰將了，你，究竟是誰呢？又為什麼封印你的本體，只留下戰甲呢？真讓人好奇啊。」

「它是誰？我可以替你回答喔。」遠處，憨傻男人得意的笑著，「這是我以皇帝身分，對美女的特別招待哩。」

「喔？」貓女冷冷的瞪了那怪男人一眼。

「他啊。」怪男人說，「就是三國時代中最可怕的戰神，他橫行戰場，英雄無敵，偏偏又言而無信，不受控制，所以他被拉出地獄的，只保留戰甲，本體的靈魂卻被抽走了。」

「靈魂抽取術？」貓女表情不屑，「我以為這是被地獄政府保密且禁用的技術呢。」

「當然，我們是有門路的，像是黑桃J……更何況，他的靈魂太過叛逆，曹操和孔明無法駕馭，所以刻意只留下戰甲。」怪男人笑著說，「沒有靈魂的它，可以說是毫無缺點可言啊。」

「可恥。」貓女搖頭，「靈魂抽取術，抽取一名英勇戰士的靈魂，卻利用他的力量，這跟小偷有什麼兩樣？」

「哈，」怪男人聳肩，「戰爭若要勝利，就要用點手段，這又有何錯誤？」

貓女依然搖頭。

「貓女啊，無論妳怎麼自命清高，妳就是敗在他手下。」怪男人笑，「而且，他馬上會給妳致命的一擊。」

致命一擊。

貓女的眼神看向那襲深紅色戰甲，果然，戰甲再度移動了。

戰甲雙腿往地上一蹬，夾著強大的反作用力，戰甲一躍上了天空，直躍上了東門城的牆上。

貓女只見到眼前，灰色殘破的披風隨風舞動，紅色戰甲已經來到了貓女的面前。

貓女的眼中，映著頭盔中幽幽綠光的眼睛，還有，盔甲右拳上，反射出來的堅硬金屬光澤。

右拳的目標，不用懷疑，當然是在牆上被長戟釘住的貓女。

「可憐又英勇的戰甲啊。」貓女溫柔且迷人的笑著，伸出虛弱的雙手，捧住眼前戰甲的頭顱。

戰甲的右拳，反射出炙熱的陽光，開始加速。

「沒有了你的主人，」貓女憐憫的微笑。「你一定很寂寞吧？」

右拳，已經到了貓女腹部。

「放心，戰甲。」貓女的腹部被戰甲擊中，力道貫穿，狂熱的靈力開始蒸發貓女身體。

「我會回來的。」貓女微笑，「我一定會回來的。」

右拳旋轉，力量化成激烈爆力，貓女屍體粉碎。

但，貓女消失了，她最後的聲音卻還在空中輕揚。

「我會讓你回到地獄安息，寂寞的戰甲。」

地面上，那憨傻的男人，表情凝重，他用他肥大的手指頭在地面上畫了一個「2」字。

「貓有九命，」怪男人自言自語，「如果我沒料錯，貓女並非永遠不死，而是只能死九次，從董卓苦戰到戰甲偷襲，貓女已經死了兩次，所以……」

「我們還有七次要殺。」男人咯咯笑著，自言自語著，「對吧，又要復活的貓女。」

「對了，我雖然看起來很笨，但是我也知道一件事。」只見，男人的右手舉高，掌心發出滾滾熱焰，瞄準少年H屍體的胸口。「為避免夜長夢多，」

「趁貓女還沒活過來，現在就該來個，毀屍滅跡。」

怪男人的手，帶著火焰，直接劈向了少年H的屍體。

然後，轟的一聲，屍體就這樣發出青色火焰，硬生生的焚燒了起來。

「很抱歉。」怪男人忍不住大笑，「地獄遊戲中的主角，就這樣被我這個小角色給幹掉了，請記住我的名字，我就叫做，劉禪！我不是扶不起的阿斗，我是真正的蜀漢皇帝啊！」

火焰燃燒，貓女還未復活，古老深紅戰甲聳立東門城前，難道大勢真的難以挽回了嗎？

少年H就這樣葬送在劉禪的手下？

只是，無論是怪男人或是貓女，卻不知道另外一件事。

從土地公廟溜來的九尾狐，最擅長變化與模仿的中國大妖九尾狐，其實早就已經到了東門城下。

還有另外一件事，那被熊熊火焰包圍少年H臉上，一瞬間，不知道是火焰的關係或是光線折射，竟露出一抹怪異的笑。

陰柔、邪惡，還帶點調皮的笑。

第四章《森之戰》

斐尼斯軍團。

當今台北城中，僅次於天使團的第二號戰團，它殘暴、善戰，同時又瘋狂。如同中國歷史上位居北方的遊牧民族，雖然缺乏文化，卻是文明世界中，人人懼怕的惡夢。

它的團長斐尼斯，是和夜王擁有同樣驚人傳說的怪物，曾經在陽明山上奪去三百顆頭顱，未曾使用任何法術，只憑一把刀，甚至是一種刀法，那就是橫劈。

斐尼斯的霸氣傲人，同時也具有謎一樣的色彩，因為他忘記了自己是誰？宛若一名狂者卻又帶有令人憐惜的特質，更讓斐尼斯吸引了上千名仰慕者歸降，締造了一代斐尼斯帝國。

而斐尼斯坐擁陽明山，這座在台北擁有最多資源的寶山，傳說中，更盛產一種極為罕見的道具。

此道具用法極為特殊，卻極具破壞性，更直接強化了斐尼斯團的力量。成為台北城東方的一大強權。

此道具，見過的人不多，存活者更少，而沒有發瘋的存活者更是幾乎沒有，所有存活者的口中，都只提到兩個字……

「野獸。」

「他們，是真的野獸啊！」

於是，位於東方的斐尼斯團，更成為台北城玩家們的禁地，一個飄著濃厚血腥味的禁忌之地。

只是，如今這片禁忌之地，因為三腳蟾蜍綁架法咖啡後逃竄到此地，而紛擾起來。

因為，追兵來了。

一個絕不遜於斐尼斯團長的另一個怪物傳說來了。

他是，夜王。

阿努比斯。

* * *

「約翰走路？」阿努比斯看著眼前這個消失許久的老三，目光灼灼。「你怎麼會在這裡出現？」

「根據玩家的情報啊。」約翰走路微笑，「在捷運站的黎明石碑上，斐尼斯團對您下的戰書，可是當前台北最熱鬧的話題，我當然找得到，不過那些好奇的玩家一聽到斐尼斯，一個個都縮成了烏龜，沒人敢上山。」

「嗯。」阿努比斯冷冷的看著約翰走路。「是嗎？那你這些日子到哪裡去了？」

「這些日子？上次在羅斯福路上殺了內鬼，也就是老四錢鬼，我也身受重傷，所以我花了不少時間療傷，當然，療完傷之後免不了去夜店泡個幾天。」約翰走路嘿嘿的笑著，「老大，你知道的，夜店的妹都很正。」

「嗯。」

「對於拯救法咖啡這件事，老大，我可不想讓你專美於前，對遊俠團，我們是從屬的關係，但是對於法咖啡啊，嘿嘿，老大……」約翰走路繼續微笑，「我可一點都不想輸給你。」

「嗯。」阿努比斯的眼神深沉，似乎相信了約翰走路，似乎又不信，但他仍點了點頭。

「好，那我們走吧。」

「是，老大。」約翰走路一笑鞠躬。

只是，阿努比斯才撥開叢林走沒幾步，忽然，他背上的村正，竟輕輕的顫動了一下。

阿努比斯輕輕搖頭，右手伸到背後，握住了刀柄。

「村正啊村正，我知道你從約翰走路的身上，嗅到了不對勁的靈力。可是，我卻相信這小子說的一件事。」

村正的鳴動停了。

「他，是真心要去救法咖啡的。」

阿努比斯對叢林的印象，並不深刻，也許是因為他從小就生長在緯度高，天氣炎熱，並擁有一片金黃沙漠的埃及。

那裡，沒有足夠的水可以供給巨大的植物生長，只有尼羅河畔的肥沃土壤提供埃及最重要的命脈農業。

所以，這片陽明山的叢林，對阿努比斯來說，是多了一份陌生，同時也多了一份危險的地方。

更何況，在斐尼斯軍團進駐後的陽明山，已經不再是台北人民熟悉的陽明山了，樹幹蔽天，野藤蔓行，彷彿重回數千年的侏儸紀公園，更可怕的是，到處散落的動物足跡，更顯示這片蠻荒森林中，藏匿著多少恐怖的野獸。

也許是怕驚動了潛伏在森林中的野獸，也許是阿努比斯和約翰走路兩人真的無話可聊，他們一前一後，沉默的走在樹林小徑之中。

「夜王老大，根據我私底下的情報，斐尼斯團最危險的東西有兩項。」撥開重重的樹葉，約翰走路開口了。「一項當然是那個連自己名字都搞不清楚的團長，另外一項就奇怪了……那是一項道具。」

「道具？」

「沒錯，一年前斐尼斯團剛成立的時候，就是靠著這項道具，擊敗眾多的侵略者，而且，如果我沒記錯，一年前的陽明山根本就不是這樣的。」約翰走路說。

「不是這模樣？」阿努比斯不解的搖頭。「那本來是什麼模樣？」

約翰走路沒有立刻回答，卻伸手拉住一塊路邊的牌子，然後抹去路牌上的藤蔓，露出了底下的字。

正是「仰德大道」。

「這裡可是陽明山的『仰德大道』。」約翰走路笑，「像我這種在台北土生土長的，誰沒聽過仰德大道？這是通往陽明山最大的一條柏油路。一到假日車水馬龍，水泄不通，有時候還會碰到愛露大腿的馬先生在慢跑，如今，整條路卻都已經被森林給吞噬了。」

「嗯，所以這都是斐尼斯團中那奇異道具搞的鬼？」阿努比斯沉吟。

「沒錯。」約翰走路點頭。「無論斐尼斯他們使用的攻擊方式是什麼，都一定和這座森林有關，也是因為這座森林，才讓每個入侵者都有進無出，變成枯骨一堆。」

「森林？道具？」阿努比斯仰起頭，閉上了眼睛，彷彿在感受著周圍空氣中不尋常的靈力擾動。「沒錯，這森林的確給人一種結界的感覺，力量與靈覺好像都被壓抑住了，這就是斐尼斯團的祕密？」

「我猜是的，這森林，肯定有鬼。」約翰走路看著眼前這片被濃密樹蔭遮蔽，明亮與黑暗交錯的森林。「對了，老大，您剛剛說您的力量被壓抑住了？所以，你現在比在台北城弱嗎？嘿嘿。」

「嗯……」阿努比斯皺眉，「你問這幹嘛……咦？」

忽然，阿努比斯的頭頂，一片陰影快速閃過。

「怎麼？老大。」約翰走路問。

阿努比斯沒有回答，只是搖了搖頭，然後他手腕一翻，靈現系的獵槍登時上手。

樹葉光影搖曳，那影子再度一閃而過。

「夠快。」阿努比斯的槍揚起，正要對準這不速之客，忽然察覺，槍身，竟然比以往還重了幾分。

訝異間，阿努比斯眼睛不再追逐那黑影，眼球向下望去，看著自己的槍。

這一剎那，阿努比斯感到呼吸微微的頓了。

因為，他看到一雙眼睛，一雙又圓又黑但暴露出殺氣的眼睛，正伏在獵槍上，瞪視著阿努比斯。

那是松鼠。

明明該是可愛，在這裡，卻恐怖得讓人發毛的巨大松鼠。

「闖入者，都必須死。」松鼠張口說話，巨大的前齒映著殘忍冷光，然後牠的四爪開始沿著獵槍往前攀爬，朝著阿努比斯直衝而來。

「了不起。」阿努比斯雙手放開獵槍，不驚反笑。「第一個對手就讓我鬆開武器，看起來……」

獵槍失去了阿努比斯雙手的支持，開始墜下，而盤據其上的松鼠，則靈活的向上躍起。

能刨開堅硬樹皮的四爪，如雨傘般張開，直撲向阿努比斯。

局勢兇險，阿努比斯的笑容卻未曾稍減。

「看起來，這一趟會是很讓人難忘的一趟叢林冒險了，是吧，約翰走路。」

說完，阿努比斯的左拳揮出，迎向了巨大松鼠的爪子。

松鼠，在一般人的眼中，總是可愛、溫馴又害羞的，尤其是牠啃著堅果，搖動著大尾巴的模樣，更是小孩們最愛的經典畫面。

殊不知，要啃碎堅果的外殼，是需要多硬的牙齒，以及多銳利的爪子？而這些上天賦予松鼠的隨身利器，如果讓牠具有攻擊的慾望……那後果究竟有多可怕，則沒有人知道。

而阿努比斯，就是剛好會知道這件事的那個人。

因為，眼前這隻放大版的松鼠，正帶著強烈的攻擊慾望，衝向了阿努比斯。

阿努比斯的左拳揮出，卻發現自己擊了空，這隻松鼠利用蓬鬆的尾巴作為平衡桿，迴避了阿努比斯的拳頭，然後，展開了反擊。

松鼠的四隻爪子，又攫住了阿努比斯的手，一如牠抓住獵槍。

接著，開始順著阿努比斯的手，急速往上竄。

「好樣的。」阿努比斯眼睛瞇起，讚嘆著松鼠的戰鬥方式，好一個超級近身肉搏戰。

同時間，阿努比斯感到背上的妖刀，震動了一下。

「村正，你想出手？」阿努比斯笑，「不急，還用不著你。」

只見松鼠越爬越快，已經上了阿努比斯的肩膀，一轉眼，就會撲到阿努比斯的臉上了。

「你知道嗎？我的獵槍是靈現系，它是我靈力具現化的結果，而我全身上下都可以釋放靈力。」阿努比斯微笑。「換句話說，只要我想的話……」

松鼠的四爪，釋放出凜冽冷光，它的目標很清楚，是阿努比斯的臉，臉部堪稱人類最精密的部分之一，小小的面積上擠滿了各種複雜的五官。

松鼠的目的很清楚，只要破壞了臉，等於重傷了人類。

這正是最適合牠小爪子的攻擊方式。

「只要我想的話……槍，可以在任何地方出現。」阿努比斯的嘴巴張開，一根堅挺的黑色鐵管，竟從他的嘴中，冷森森的伸了出來。

「包括，我的嘴中。」

松鼠的速度太快，已經爬過了阿努比斯的脖子，來到了牠嗜血的目標，阿努比斯的臉。

只是，在阿努比斯的臉上，等待巨大松鼠的，卻是一個致命的驚喜。

致命，是子彈的溫度，這剎那，阿努比斯嘴中的黑色鐵管，噴出火焰，一顆子彈，旋衝出這片火光。

「嘎嘎嘎！」

松鼠的身體猛然顫動，牠連逃亡的動作都來不及，就被子彈毫不留情貫穿了牠的身體。

松鼠搖晃幾下，落在地上。

只是，奇怪的事情發生了，這隻巨大松鼠竟然開始緩緩變形，蓬鬆的尾巴脫落，皮毛落下，最後變成了一個人類。

也許在同一時刻，台灣的某一處，這個已經在遊戲中陣亡的玩家，可能罵一聲髒話，然後把鍵盤丟到窗戶外面吧。

「咦？」一旁的約翰走路蹲下，檢查這具屍體，抬頭看著阿努比斯。「這是玩家？」

「嗯。」阿努比斯皺眉，「所以……所謂的神祕道具，和獸化有關？」

「老大，有東西。」這時候，約翰走路發現地面上諸多平凡道具中，有一個是從未見過的，蛋。

一顆發出銀亮色光芒的蛋。

「這是什麼？」阿努比斯彎下腰，要從約翰走路手上接過這顆蛋，可是，就在他戴著手套的指尖，要碰觸到蛋的剎那。

忽然，村正錚的一聲。

「村正？」阿努比斯警覺，「你在警告我？」

同時間，原本平坦的地面，如波浪般不規則的扭動起來，然後，兩隻長長的黑爪，破出土壤，一左一右攫住阿努比斯的雙手。

「地底還有敵人？」阿努比斯只覺得一陣巨大的力量，猛力一扯，然後他自己的臉，離地面越來越近……越來越近……

終於，沉了下去，沉入了地底之中，

緊接而來的，則是一大片伸手不見五指的黑暗，還有潮濕的泥土氣味。

阿努比斯驚覺，自己竟然被拖入了泥土之中？

阿努比斯雖然縱橫半個古埃及，甚至曾在地獄列車上面對無數的鬼怪，卻從來沒有在地底戰鬥的經驗。

地底戰鬥，重點只有一個，那就是時間。

肺部氧氣用盡的時間。

事到如今已經不容再遲疑了，阿努比斯低語。

「村正！給我出鞘！」

森林裡，土壤往兩旁捲開，一道清晰的刃光沖天而起。

刃光消散，一隻半個人高的土撥鼠發出尖叫，竄了出來，牠的動作就像是喝醉酒一樣，搖搖晃晃，而牠的腰際是一條又直又清晰的血痕。

同時間，阿努比斯的聲音從地底傳出，「約翰走路，別讓牠逃了，我們要問出斐尼斯的基地在哪？」

土撥鼠聽到這裡，站起身試圖要逃跑，可是牠沒爬幾步，就看見了一道深色影子，罩住了牠的身體。

土撥鼠抬頭，見到了一張帥氣的男子臉龐，臉龐上刁著菸，只是，讓土撥鼠驚懼的，卻是這男子的眼睛。

紅色的。

是不屬於人類的紅色。

「很抱歉。」男子舉起手，手上是一把正在急速旋轉的黑傘，獰笑。「不能讓你活下去。」

當阿努比斯以獵槍在泥土中轟開一條道路，帶著滿身泥土從地底爬出來的時候，他只見到一隻上半身與下半身錯開的土撥鼠，然後牠身體折斷，倒地。

「牠死了？」阿努比斯看著地面上，正逐漸轉化成道具的土撥鼠。

「嗯，」約翰走路聳肩，「老大，你知道的，牠想反擊……所以……」

「嗯。」阿努比斯蹲下，「這樣就沒辦法問路了。」

「對不起……」約翰走路正要道歉，忽然他滿臉詫異，看著阿努比斯的後方。「啊，老大……」

「怎麼？」

「你……你的背後。」

阿努比斯猛然回頭，卻只看見他背後的叢林中，樹葉正在微動。微微顫動。

「樹叢中，究竟是……」

接著，一股煙塵慢慢從樹葉中散了出來。

「啊！」阿努比斯的右拳握緊。

煙塵加重，樹葉的顫動，卻停了。

「來了！」

煙塵之中，兩根巨大的乳白色獠牙，破雲而出，而獠牙之後是一個巨大到令人瞠目結舌的灰色軀體。

圓滾而壯碩的軀體，沿路撞斷樹枝，暴衝而來

「山豬！」阿努比斯的表情中，沒有半點可以稱作畏懼的東西。「還很大隻哩。」

一眨眼，山豬就來到了阿努比斯的正前方，僅僅一公尺的距離。

這樣的速度，這樣的距離，只有一句話：

避，無可避。

「打完了從樹頂來的松鼠，又幹掉了地底來的土撥鼠，現在，來一個平地的山豬攻擊？」

阿努比斯聳肩，朗聲道：「喂，該你上場了，狻猊。」

阿努比斯的話才剛說完，他的雙腳冒出熊熊烈火，烈火在空氣中盤旋了一圈，化成一頭

火焰雄獅。

雄獅，雙腳剛剛落地，一身赤焰，展現萬獸之王的風範，正面迎向直衝而來的巨型山豬。

獅子，與山豬。

暴力，與暴力的絕對碰撞。

轟然一聲，山豬直接撞入火獅之中，剎那間，火獅包圍了山豬。

山豬的肌膚在一秒鐘內開始捲曲，爆出香氣，噴出油脂，最後，當牠的獠牙終於碰到了阿努比斯，卻只是如蜻蜓點水般的溫柔。

阿努比斯伸出手，輕輕一拉，就拔下了山豬的獠牙，順便帶起了一片香噴噴的豬肉。

「烤得好，狻猊。」阿努比斯看著眼前這片金黃的豬肉，豎起拇指。「尤其是火候的拿捏，外酥內軟，恰到好處，將來我退休到地獄開餐廳，你可以當我的頭號大廚。」

「咯咯，謝謝。」狻猊的聲音傳來，「要不是這森林有著古怪的力量，壓抑住我的能力，我可以烤得更熟一點的。」

「這森林的確古怪，難怪斐尼斯能夠盤據陽明山這麼久，無人可以奈他們何……」阿努比斯看著眼前的山豬屍體，透明後化成一堆道具，「剛才由松鼠、土撥鼠、山豬組成的攻擊三連奏，可能連等級超過五十的老玩家都會喪命，更何況一般玩家？」

說到這裡，阿努比斯看著手上剛剛才撿到的蛋，正發出銀亮色的光芒。

「而且，如果我沒猜錯。」阿努比斯注視著眼前，正發出詭異光芒的蛋。「斐尼斯強悍的祕密，肯定就在這顆蛋裡了。」

不過，就在阿努比斯驚險擊敗斐尼斯三連奏攻擊的同時，不遠處，一個躲在暗處，發著奇異光芒的大眼睛，正因為訝異而不斷的眨著。

「松鼠、土撥鼠，與山豬的三連擊，堪稱斐尼斯團最強的防守陣容，不知道奪走多少玩家的性命……」那眼睛急速眨動，這是來自一頭貓頭鷹的眼睛。「這次的闖入者不僅破陣，還把他們全殺了！這究竟是怎麼回事？」

「不行，得立即通知馬湧呈老大。」貓頭鷹的眼睛不眨了，取而代之的，卻是類似低吟般的啼聲。

根據自然界的定律，聲頻越低，能傳遞的範圍越遠。

這聲人類耳膜無法捕捉的超低頻音，如同戰鬥號角般傳遍了整個森林，除了阿努比斯以外，所有動物，都抬起頭來，耳朵顫動。

東方，一條蜿蜒淺溪上，一頭正在河裡撈魚的巨大猛熊，抬起頭來，面露似笑非笑的猙獰。

西方，一隻渾身長滿尖刺的刺蝟，慢慢從樹洞中滾出來，一雙靈活的眼睛，瞧著聲音的方向。

南方，一隻猴子正盤腿坐在樹上，牠扶了扶眼鏡，表情怪異，那是一種帶著祕密的邪笑。

北方，叢林間，一群正在撿拾地上腐肉的鬣狗，發出半哭半笑的聲音，開始不斷移動，而且隨著移動的距離，狗群的數目就不斷遞增……

而最遠處，一個正坐在王位，面容猥瑣，一看就知道是奸詐狡猾之輩的男人，也注意到了這聲警訊。

「看樣子，客人來了。」雖然，這男人試圖裝出霸者模樣，只是面容奸詐的他，看起來卻是不倫不類。「嘿嘿，我以我馬湧呈的名字發誓，這客人死定了。」

男人身旁，站著兩個藏在斗篷之下的人，不，正確來說，是兩個人加上一張會說話的紙牌。

紙牌，在這時候說話了。

「咯咯咯咯，阿努比斯來了嗎？」那張紙牌上，畫著一個穿著誇張服飾的小丑。「沒想到他真的來送死了啊，為了一個什麼都不是的手下，會笨笨的一個人來的，也只有他了啊。。」

「沒錯。」另一個藏在斗篷下的人，露出滿臉的疙瘩，吐出黏答答的蟾蜍舌頭。「這次的計畫，有諸葛孔明先生和小丑共同籌劃，嘿嘿，阿努比斯，一定沒想到自己會這樣死，哈哈哈。」

「你們可別忘了約定喔，」這時，坐在王位上的馬湧呈，回過頭看著他背後穿著斗篷的怪人。「只要斐尼斯團的埋伏可以殺掉夜王，就要給我當王，當真正的王，我再也不要活在那莽夫斐尼斯的陰影下了。」

「當然，」一個斗篷中，傳來白骨精柔媚中帶有催眠的聲音。「只要你們能殺掉夜王，我們一定會幫你登上斐尼斯的王位，而且……還幫你打開夢幻之島澎湖，讓你成為這遊戲真正的王。」

「真的嗎？」馬湧呈聽完，舔了舔發乾的舌頭。「你們發誓？那……那個可怕的團長……不會再跑出來？」

「當然沒問題。」紙牌上的小丑尖銳的聲音中，帶著嘲笑與威脅。「你不相信我們嗎？如果不是我們，你家那斐尼斯團長，現在怎麼會被關在那黑暗的……」

「是，我相信。」馬湧呈連忙揮手，「只是……」

「放心吧，我們會說話算話的。」白骨精伸出纖瘦的手掌，按住馬湧呈的肩膀。

帶著迷惑與催眠的靈力，化成細絲，登時沿著馬湧呈的肩膀，直接控制他腦中的意志。

「我們會說話算話的，寶貝。」白骨精冷笑。「阿努比斯非死不可，畢竟，我們為他安排的陷阱，可是可怕的三重奏唷。」

「是啊。」蟾蜍發出怪笑。「第一重奏，就是森林中斐尼斯團的攻擊，而第二重奏，正是來自他身邊的……」

「更別提，那最連我們都會害怕的，第三重奏了。」小丑陰陽怪氣的笑聲，替這次對話，劃下句點。

同時，也替遠處阿努比斯的驚險救人之旅，拉開一場全新的序幕。

陽明山，森林裡——

阿努比斯與約翰走路兩人，將奇異的蛋放入了口袋中，並撥開樹葉，往森林深處繼續走去。

「阿努比斯老大。」就在阿努比斯大黑衣穿過叢林之際，一直尾隨在背後的約翰走路開口了。「我不懂。」

「嗯？」

「老大，你為什麼要一個人來救法咖啡呢？」約翰走路身體藏在斗篷之中，只露出一雙特異的眼睛，看著眼前阿努比斯這高壯的背影。

這背影，完完全全暴露在自己的面前，沒有一點防備。

「嗯。」阿努比斯沒有回頭，依舊背對著約翰走路。「為什麼會這樣問呢？」

「為什麼要這樣問啊？」約翰走路緊盯著阿努比斯的背影，他的眼睛，開始閃爍著不尋常的紅色邪光。「因為，以老大您的地位，根本不用親自出馬來救老二啊，只要您集結台北遊俠團的兵馬，揮軍陽明山，雖然不一定會穩操勝算，至少……會比現在輕鬆很多。」

「哈哈。」

「老大，有什麼好笑？」約翰走路眼中紅光正在加強，而他藏在斗篷的背部，卻慢慢出現一個怪異的隆起。

那像是一隻手。

一隻不屬於約翰走路的手。

「約翰走路，我當初找你進來遊俠團，一部分是你的聰明睿智，怎麼連這都搞不清楚？」阿努比斯沒有回頭。「我們大軍壓境，真的可以救出老二嗎？」

「嗯，『你是說，敵人會帶著法咖啡逃掉嗎？』」約翰走路沉默半晌，背上的隆起物，慢慢穿出斗篷，露出了它的真面目。

那不是人類該有的東西。

那是節肢動物的尾巴，尾巴上一節一節的硬殼，在森林中反射著陰森的墨光。

「正是。」阿努比斯撥開樹叢，「我們唯有單打獨鬥，才能讓對方掉以輕心，甚至讓對方以為穩操勝算，才能提高救出老二的機會。」

「嗯，可是，這又是另一個我不懂的地方了。老大，單打獨鬥對你來說，不就更危險嗎？台北城這麼多的軍團長，哪一個不是躲在幕後，你為什麼還要親自出馬？」

約翰走路說到這裡，它背上那條尾巴的末端，倏然伸出兩隻鉗子，這是蜈蚣嘴，劇毒的蜈蚣之嘴。

「因為你們是我的夥伴。」阿努比斯的背影，傳來一個比平常略微溫柔的聲音。「無論是誰，只要是我的夥伴，都值得我用生命去救。」

「夥伴？」約翰走路喃喃重複著阿努比斯所說的那兩個字。

而那根巨大的蜈蚣之嘴，正慢慢的潛到阿努比斯的背後。

負責注入蛋白質毒素的鉗子，正緩緩移動，停在阿努比斯心臟的位置。

心臟，向來是所有毒液的最後防線，防線潰散，就是毫無挽救的絕對死亡。

但，阿努比斯卻沒有絲毫的動靜，他依然撥動著樹葉，往前探進。

「是啊，是兄弟。」阿努比斯的聲音，似乎在笑。「兄弟是什麼？就是可以毫不介意麻煩他，卻又在他遇到困難時，毫不保留的幫忙，約翰走路，你知道嗎？你也是我最好的兄弟喔。」

「啊，我……我也是嗎？」約翰走路身體一震。

就在這時候，蜈蚣嘴動作停住，然後猛然一動。

眼看，就要穿入阿努比斯黑色皮衣之中，就要刺破皮膚，注入能分解人體細胞的狂暴蛋白質，然後心臟急速收縮，超乎極限的收縮，最後過大的壓力會使血管迸裂。

這股壓力沿著血管擴散到全身，然後像是引線般，把整個身體的血管都爆開。

可是，這一切都沒有發生。

「夥伴？我也是夥伴？」

這一瞬間，約翰走路那雙眼睛中，象徵著龍之九子蜈蚣附身的血紅，消失了。

取而代之的，是純淨的黑色瞳孔，屬於溫柔人類的純淨黑色。

然後，約翰走路奪回自己身體的自主性，他的手，伸了出去，剛好擋住蜈蚣的嘴。

蜈蚣的嘴，噗吱一聲，毒液注入約翰走路的手掌之中。

「嗯哼。」約翰走路的手心吃痛，低哼了一聲。

聽到約翰走路的悶哼，阿努比斯回頭，看向這個他結拜兄弟中的老三。「怎麼？」

而蜈蚣嘴，更在約翰走路發出悶哼的同時，以迅雷不及掩耳的速度，竄回了斗篷之中。

「你的手怎麼了？」阿努比斯看到約翰走路手心的那咬痕，皺眉問道。

「沒事，被小蟲咬到而已。」約翰走路苦笑。此刻的他，只覺得天旋地轉，蜈蚣劇毒來自他的體內，自然無法取他的性命，但是……過高濃度的毒液，仍讓他一時間無法消化，只覺得頭暈目眩。

「嗯。」

阿努比斯點頭，停下腳步，抬起頭看著樹影紛亂的陽明山天空。

「約翰走路，你還記得，我在遊戲中，第一次遇到你的時候嗎？」

「啊？」約翰走路抬起頭。「你是說，那天晚上……」

「嗯。」阿努比斯嘴角淺笑。「那個傾盆大雨的晚上。」

「當然記得，」約翰走路看著阿努比斯，小心翼翼的回憶起來，「那時候，台北城中我和法咖啡都只是擁有數十名團員的小團長，正在爭奪台北市一〇一大廈附近的霸主權，展開一場又一場的激戰，可是貪心的我暗中聯繫北方金鷹族，想要藉著金鷹的力量壓制法咖啡。」

「只是沒想到金鷹包藏禍心，我在暗巷中遭到金鷹團高手『隼』暗算，身中埋伏，倒在暗巷之中，那時候，夜空中下起了台北罕見的大雨……」

約翰走路閉著眼睛說著，也許是此刻中毒的影響，他的思緒不再那樣清明，渾沌之中，反而回到了心中最初的地方。

「是啊，很大的雨啊。」阿努比斯點頭。「讓人迷失方向的大雨。」

「雨太大，大到整個台北失去了自己的方向，我手下找不到我的蹤跡，重傷的我，只能倒在暗巷中，等待自己的呼吸越來越急，也越來越淺……那一次，我真的以為，我會死掉，離開遊戲，可是……我又好不甘心。」

「嗯。」

約翰走路閉上眼睛，體內的暈眩感正讓他回到了被自己遺忘的地方。

「雨好大，我看著天空，雨在黑夜中，變成一條又一條落下的銀線，打在我的身體上，我知道自己的願望還沒完成，我並不想這樣就死了，可是沒辦法，真的沒辦法了……」約翰走路說到這裡，微微頓了一下。「也就在這時候，天空中那些銀色的雨線，被擋住了，被一把黑色傘影給擋住了。」

「然後，我看見了一件黑色的大衣，還有一個低沉的男子聲音，那是你的聲音。

你問我，『你明明生命已經走到盡頭，為什麼還不離開遊戲呢？』

我說了，『因為我還在等一個人。』

『等誰？』

『等一個曾經為我撐傘的女孩。』

『為了一個女孩？進入遊戲？放棄原本的身分？甚至讓自己從無憂無慮的動物，變成要承擔無數煩惱的人類？』

『是啊，我很笨吧？』躺在地上，渾身濕透的我，苦笑。

『是的，是很笨。』你蹲下，臉離我好近，我甚至可以看見你眼中深沉與溫柔的笑意。『不過，我沒什麼資格批評你，因為我也和你做了一樣笨的事。』

『真的？你也在等一個女孩？』

你笑了，那是我第一次看你笑，卻笑得好憂傷，好悵然。

然後你伸出手，握住了我的手。一股溫暖的靈力，從你手心傳入了我的手心。

『我也等。』你說。『不過，我等的是一個女神。』

『嗯，那你一定更辛苦吧。』

『也許是吧，』你的手心握得更緊了。『你好，我叫做阿努比斯，或者，稱我為夜的帝王，夜王。』

『夜王？』我感受著來自手心的靈力，『你知道嗎？我的能力是雨傘，因為那女孩就是幫我撐傘，才讓我始終忘不掉她，所以我覺得傘是一種幸福，無論是撐傘或是被撐的人。』

『是嗎？』你注視著我，又笑了，只是這次的笑卻不再那麼憂傷，反而給人一種強大的安心感。『愛撐傘的男人啊，你願意來我的團隊嗎？讓我們一起替台北城創下新的傳說吧。』

陽明山，森林裡——

阿努比斯伸出手，微笑，拉起了因為暈眩而坐倒在地的約翰走路。「無論多少次，我還是會邀請你，一同創造傳說。」

「嗯……」約翰走路感覺到阿努比斯手心的靈力，沒錯，就是這股力量，在大雨中溫暖了他的心，讓高傲的他願意投身入遊俠團。

如今，阿努比斯又再度伸出了手，靈力如同溫泉般緩緩流入，滋潤了約翰走路因為過濃的毒液，而混亂的生理系統，也讓他的腦海清醒起來。

「老大。」約翰走路沉吟。

「嗯？」阿努比斯往前走著。

「你知道了，對吧？」

「知道什麼？」阿努比斯沒有回頭，繼續往森林深處走去。

「現在的我，已經和錢鬼一樣，只剩下一半是我……另一半的我，已經不是……」

「老三。」

「啊，是。」

「是啊，」阿努比斯轉頭，微笑。「你看，你還記得自己是遊俠團的老三，只要你記得，那我沒道理忘記，對吧？」

「啊？」

「我說過，兄弟，原本就是有困難要毫無保留的互相幫忙。」阿努比斯伸出手，搔亂了約翰走路梳理整齊的頭髮。「你既然有了困難，我又怎麼能棄你於不顧呢？」

「嗯，老大，」約翰走路低下頭，忽然笑了，笑得好開心。「我發現，你真的是一個老大欸。」

「喔？」

「一個超棒的老大。」

「這樣的讚美，由你這樣一個男生說起來太怪了，省省吧。」阿努比斯看著約翰走路，忽然間，表情由鬆弛溫柔轉為僵硬的殺氣。「約翰走路，把你的武器叫出來！」

「啊？」約翰走路一呆。

「因為，我們有客人來了。」阿努比斯獵槍再度現身。「這次，我們得把這客人抓好，讓他替我們帶路才行。」

阿努比斯這句話才剛說完，約翰走路發現，阿努比斯背後的森林中，發出隱隱的騷動，然後一幢巨大的影子，就這樣慢慢、慢慢的，從樹林中升起。

直到，完全籠罩住阿努比斯。

然後，村正像是發瘋似的，嗚動了起來。

從森林深處升出來的，是一隻體型相當嚇人的大熊。

熊發出驚天動地的咆哮之後，爪子一揮，折斷不少樹枝之後，爪子到了阿努比斯的面前。

卡。

熊爪撞斷樹枝，掃向阿努比斯，而阿努比斯頭一矮，順勢拔起手上的獵槍。

「我是熊王！」熊發出人類的低沉聲音，「我是斐尼斯四大高手之一，今天特地奉命來殺了你。」

「高手？」阿努比斯微笑，「遊戲中，自認高手的人可真不少。」

「吼！你說什麼？」熊王瘋狂咆哮，雙爪通時往下，沿路摧毀所有擋路的樹幹樹枝，直搗向阿努比斯的頭頂。

阿努比斯沒有閃避，他只是隨意的把獵槍槍管朝上，對準著熊王的爪子。開轟。

子彈穿過熊王的右爪，濺出鮮血。

「吼嗚。」熊王嘶吼，另一隻爪子仍繼續揮下！「可惡，我要拉你陪葬！」

「村正。」阿努比斯低語。

村正自動出刀鞘，冷光閃過後，熊王這次不只是爪子穿孔了，因為他整隻爪子，都已經上了天空。

熊王看看自己右爪的空洞，又看看自己空盪盪的左爪。

「嗚。」牠二話不說，轉身就跑。「好厲害，怎麼這麼厲害啊！」

「什麼斐尼斯四大高手？跟我遊俠團簡直沒得比。」阿努比斯微笑，慢慢端起了手上的獵槍。「是吧？老三。」

可是，正當阿努比斯的槍指向前方，而他背後，卻沒有半個人回應。

「老三？」

「老……」阿努比斯皺眉，低下頭，看著地面不斷延伸而來的影子。

長條狀，長條邊緣無數小腳不斷爬行的影子，從地面上不斷延伸而來。

而影子的尖端，是兩隻不斷開闔的蜈蚣鉗子。

「呼。」阿努比斯放下正要追擊熊王的獵槍，重重吐出了一口氣。「你是龍九子的老六，掌水的蚣蝮吧。」

然後，影子急速下墜，擴大，直到完全吞噬了阿努比斯。

正在前頭逃命的熊王，轉過頭，這一剎那，牠嘴巴大張，甚至忘記了要逃。

「這是什麼怪物啊？」熊王眼睛睜得老大。「比起我們的道具，真的太屌啦。」

叢林中，阿努比斯的獵槍，被蜈蚣的毒刺甩開，而空氣中，開始凝聚出一粒又一粒的水珠。

水珠在阿努比斯的周圍漂蕩，不懷好意的漂浮著。

「我知道，你不敢殺我，因為我附身的人，剛好是你的老三。」蚣蝮咯咯怪笑著，「而我卻可以殺你，你只要稍微一動，觸動了你周圍的水珠，水中的劇毒就會腐蝕你的身體。」

「哼。」阿努比斯眼睛瞇起，看著數百顆漂浮在他身體四周的水珠，銀亮的外表下，是混濁的黑色。

「別哼了，這可是對你的特別待遇呢。」蚣蝮笑著，「畢竟，我也曾經是地獄列車的乘客，還被你服務過幾次，只是你總是把我鎖在最後一列。」

「原來，你是一個不受歡迎的乘客，放心。」阿努比斯抬起頭，霸氣十足的笑了。「我對你這種傢伙，是最有辦法的了。」

同時間，斐尼斯的四個高手，已經從四面八方往此處逼近。

其中一個，習慣性的扶了扶眼鏡，露出帶點邪氣的笑容。

「夜王，阿努比斯，」在鏡片後面的眼睛，閃爍詭異光芒，「老朋友阿努比斯，咯咯，沒想到，在這裡我會遇到獵鬼小組時候的老朋友啊。」

第五章《貓女的旅程》

貓女最討厭的東西，就是死亡了。

就算她號稱有九條命，可以容許她在短時間內連續喪命八次，直到第九次才能奪去她生命的最後一絲氣息，再也無法復活。

但是，她仍不愛死。

因為，每次死亡，總讓她忘記了某些事。

像是遺失了一些記憶片段般，貓女每次清醒，總會忘記一些東西。

可是，身處在戰鬥世界的她，死亡卻是一種不可避免的詛咒，就像人不斷成長的過程，總是要不斷遺失記憶，才能往前踏進一樣。

她只能暗暗祈禱，下次的清醒，不要讓她忘記，她曾經擁有過的幸福。

幸福，是那個曾經讓她心動的男子。

貓女還在沉睡，還在死亡的邊緣優雅的沉睡著。

她的世界，此刻仍是一片黑暗。

「餓了嗎？」貓女的旁邊，意外傳來一個男子聲音，這聲音很輕鬆，實在不像是敵人發出來的。

貓女眼珠慢慢轉動，轉向這個聲音的主人。

一頭凌亂的頭髮，有點過大的T恤，腳上還掛著一雙藍白拖鞋。

「餓了嗎？我聽說貓咪很愛喝牛奶的。」那男人笑起來，有一雙迷人的眼睛，貓女記起來了，他是土地公，曾經和她自己與少年H一起共抗織田大軍的神祕角色。

土地公，遞過來一杯熱牛奶。

貓女溫柔一笑，小心翼翼的雙手捧住，在口邊啜了幾口。

「你為什麼在這裡？」貓女看著周圍的空間，這裡還是一片漆黑，貓女很清楚她現在還沒完全復活，她正在復活與死亡的交界，要等到她完全復活，還要一點點時間。「這裡是生死界限，你為什麼能到這裡？」

「為什麼啊？」土地公舉起了手上的仙草蜜，輕輕撞了貓女盛著熱牛奶的碗一下，清脆的鏘了一聲。「因為我是來找妳的啊。」

「我不是問你的目的啦。」貓女嘟嘴。「我是問，你是誰？為什麼能夠進到這裡來？這裡是生與死的交界線欸。」

「因為仙草蜜啊。」

「啊？」

「因為這罐仙草蜜往往能給我莫大的力量喔。」土地公右手高舉，擺出一個推銷飲料的姿勢。

「好醜喔。呵呵。」貓女笑了。

不知道為什麼，她一開始就對這神祕的土地公有份親切感，也許是因為他很像，很像自己的哥哥賽特吧。

那種明明強到了極限，卻像個孩子一般的性格。

只是賽特是個陰沉的孩子，這土地公，倒像是一個……會找人打架，卻比誰都還有義氣的孩子。

「嘿嘿，賽特，他是一個好傢伙，尤其對一個女人這樣痴情的好傢伙，實在不太多。」土地公搔了搔腦袋。

「咦？」貓女猛然抬起頭，「你為什麼知道我在想什麼？」

「等級不同，我和妳等級不同啦。」土地公笑完之後，表情回歸嚴肅。「距離妳快要復活只剩下一點時間了，我們哈啦也快進入尾聲，有件事我想要問問妳。」

「什麼事？」

「如果有萬分之一的機會，可以救活少年H，妳願不願意做？」

「當然……」

「不，」土地公說，「我還沒說完，事實上還會有萬分之九千九百九十九的機會，妳會一起喪命喔。」

「萬分之一的勝率，萬分之九千九百九十九的喪命機會嗎？」貓女看著土地公，又看著自己手上那由少年H親手戴上的戒指，微笑。

「是啊。」

「我的選擇還是一樣。」貓女抬起頭看著土地公，這剎那，明亮的貓眼中閃爍著一絲淚光。「永遠不會改變。」

「嗯，事實上，這件事，也只有妳能做。」土地公看著貓女，表情慎重。「妳聽好了，我要妳做的事情是……」

「嗯。」

「我要妳掛掉。」

「啊？」

「正確來說，我要妳掛掉，然後進入死前彌留時間。」土地公聲音沉重，「把少年H帶回來，因為某些原因，象神不殺他，也無法殺他，把他丟在那裡。」

「嗯。」貓女用力點頭。「因為我可以死而復活，所以要我去找H嗎？」

「正是。」土地公表情益發益嚴肅，「但是接下來我要說的，才是真正危險的，少年H進入的地方，連我都不知道在哪？如果我沒猜錯，少年H進入了自己的記憶中，被心裡深處凍結的地方，在那裡有多兇險，沒有人知道。」

「嗯。」

「聽完這樣，還不後悔？」土地公注視著貓女。

貓女沒有回答，只是微笑。

那是一個堅定到無以復加的微笑。

「很好，」土地公摸著自己的頭，笑了起來。「真的很好，這H小子遇到妳，真的是平常有燒香了。」

「呵呵。」

土地公伸出手，摸了摸貓女的頭。「既然決定了，就去那裡，把少年H給帶回來吧。」

「嗯。」貓女閉上眼睛，享受著被摸頭的寵溺，這是屬於妹妹與哥哥的無瑕情感。「那我該怎麼去呢？」

「很簡單，那就是喝一口。」

土地公把手上的仙草蜜遞了過去。

「啊？」

「這裡頭，可是我和聖佛打賭之後，所封存的魔力，別喝太大口，不然妳會變成九尺高的酷斯貓喔。」

「和聖佛打賭？」貓女眼睛睜得超大，眼睛裡頭迷離的是驚異的流光，「難道，你是⋯

……」

「嘻嘻，」土地公笑了，「時間快到了，妳快醒了，記得我和妳說的話，請妳，千萬把少年H給帶回來啊。」

這一剎那，貓女彷彿又回到了黑暗，眼前的景物，如同從水中浮現般，漸漸清楚起來。

東門城、戰火的焦痕、董卓灼燒過的肥油痕跡，還有……

地面上凌亂的妖兵屍體。

數千名妖兵，似乎被各種難以想像的武器給橫掃過，到處充滿著火焰、冰、石塊，以及斷裂樹木的痕跡。

貓女的表情慢慢的訝異了。

因為她記得，在她被呂布的盔甲擊中前，地面上明明沒有躺這麼多的屍體……

除非──

「欸，」貓女的身後，一個嬌媚入骨，讓貓女一聽就渾身起雞皮疙瘩的聲音傳來。「我替妳打這麼多怪，妳欠我好幾次喔。」

貓女回頭，眼前這個人，讓她禁不住嘴角揚起，笑了。

一點點開心，一點點詫異，還有緊張的笑了。

因為眼前的這個人，竟然是貓女一直以來的宿敵，九尾狐。

「可惜，」九尾狐把自己毛茸茸的尾巴，靠在臉頰上，露出一個狐媚的笑，「那個叫做劉禪的小子，帶著呂布的盔甲溜了，因為看到了妳手上那罐仙草蜜。」

「我那罐仙草蜜？」貓女低頭，才發現自己的手上，竟然握著一罐來自土地公的仙草蜜。

那她在死亡邊界所看到的一切，都是真的？土地公真的潛入她的世界中嗎？

這仙草蜜散發著一股難以言喻的黑色力量，強悍而精純，百里之內，群妖都深受這妖氣所震懾。

「妳啊，最好給我喝大口一點。」九尾狐注視著貓女，臉上是些許邪惡的笑容。「一旦妳身體受不了這股妖氣，爆掉之後，省得我老是替妳擦屁股。」

「哈。」貓女看著九尾狐，許久，她忽然笑了。

這笑，卸盡了貓女對九尾狐的心防。

因為她知道，她真的知道，九尾狐這一次，是在提醒她，就像是土地公所說的——

這妖力太過精純，千萬不能喝太大口。

尤其是，當貓女發現了九尾狐的身上，其實密密麻麻佈滿許多戰鬥後留下的傷痕。

可見剛才的戰鬥是多麼慘烈，更何況貓女知道，失去靈魂的呂布戰甲，是多麼的恐怖！

九尾狐為了保護H的屍體，究竟做了多少奮戰？想到這裡貓女心頭激盪，她搖晃起身，對九尾狐用力鞠躬。

「幹嘛？」九尾狐一甩尾巴，阻止了貓女這個動作。

「九尾狐啊九尾狐，我們鬥了幾千年，這一次，我真的服氣了，我叫妳一聲姊姊啦。」

「呸呸呸呸。」九尾狐一轉身，微揚的嘴角，卻洩漏了她真正的心情。「呸呸呸，什麼姊姊？明明就妳比較老，埃及的歷史比中國老了一千年欸。」

「呵呵，謝謝。」貓女低下頭，「真的謝謝。」

「我才不要妳謝。」九尾狐起身，搖曳著屁股，往東門城的另外一頭走去。「妳那少年H的屍體，我就先收著了，放心，放眼這地獄遊戲的黑榜群妖，要從我手上把屍體討走的，我還想不出三個。」

「嗯。」貓女注視著九尾狐，兩人超過千年的爭執，千年的互鬥，在這一刻，一笑抿恩仇。

「真的，別說謝謝……」九尾狐昂著頭，走在寬闊的東門城圓環上，她沒有回頭看貓女，用幾乎耳語的音量，自言自語著。「貓女啊，其實我們很像，對於幸福，我們要的東西太像了，所以……我既然已經遇到了蚩尤，所以我希望，妳也能……」

只是，九尾狐的這段話，無論音量大小，都已經傳不入貓女的耳中了。

因為，貓女已經端起了這罐仙草蜜，深呼吸。

「H，我來了，你這個討債鬼。」

說完，她喝了。

義無反顧，沒有絲毫猶豫，她喝了。

萬分之九千九百九十九的機會，她會永遠回不來。

萬分之一的機會，她能把H帶回來。

而她，這個縱橫地獄世界，以冷酷暗殺著名的絕色女王，於此時此刻，做了她生命中可能是最傻，卻也是最美的決定。

貓女在失去意識前，腦海中的最後一個畫面，是熊熊燃燒的地獄列車中，那個穿著一身古老道士裝扮，手持著木劍，對自己微笑的男孩。

「喜歡我的偷襲嗎?美女。」

土地公正蹲坐在交大校舍的樓頂，似乎在沉思著。

他的背後，一個無聲的腳印正悄悄靠近。

「笨蛋。」九尾狐逗趣的拍了拍土地公的肩膀，「在發呆啊?」

「我在想事情，」土地公用手指比了比自己的腦袋，嘻皮笑臉，「妳知道要當黑榜老大，也是要動腦筋的欸。」

「別傻了，你會成為老大，又不是靠腦袋的，你就是做事沒有腦袋，只憑著一份熱血，才會被群妖這麼尊敬，嘻嘻。」九尾狐盤腿坐在土地公的旁邊，把頭靠在土地公的肩膀上。

這肩膀的厚度，是無論過了幾千年的歲月，九尾狐仍然依戀的溫度。

「我在想一件事。」土地公說。

「什麼事？」

「我在想聖佛。」

「聖佛？」九尾狐提到聖佛，不禁吐了吐舌頭，畢竟聖佛的神威，九尾狐也曾經見識過，不僅畏懼，更是尊敬。

尤其是，聖佛饒過她這隻小狐狸的時候……

「不是，我不擔心這光頭老人，我這次又不是殺人放火，頂多他把我打回地獄，關個百年，更何況，真要打架，我打不贏，逃總是逃得掉的。」土地公說到這裡，歪著頭。「我擔心的，是象神的遺言。」

「欸？象神有遺言？」九尾狐抬起頭。「象神的力量跟他老爸比起來，頂多提提鞋子而已啊。」

「是沒錯，但象神卻是智慧與書本之神，這樣的神說起話來，實在讓人不知道該不該聽。」土地公嘆氣，「唉，困擾啊困擾。」

「那象神的遺言究竟是什麼？」

「三個完全沒有關係的句子。」

「喔？」

「第一個是：火焰與書，同埋於牆之後。」
「真怪的句子。」
「是啊，第二個是：天下紛亂，狼與木劍並起。」
「搞什麼？又是打啞謎？」
「我最擔心的卻是第三句。」
「啊？」
「第三句只有四個字。」土地公重重嘆了一口氣。「兄弟鬩牆。」
「好怪的句子。」九尾狐的尾巴在空氣中悠悠滑動。「火焰是什麼？書是什麼？狼又是什麼？木劍又是什麼？」
「我不確定，但是我衷心希望第三句講的那兄弟鬩牆……」土地公起身，雙手插在口袋中，吹著屬於新竹的風，屬於美麗校園的風。「不是我猜的那兩個。」
「哪兩個？」九尾狐抬起頭，瞇著眼看著身邊的男人。
土地公沒有說話。
只是凝視著遠方。
此刻的遠方，一道隱約的黑氣，正在這片抑鬱城市中，突然衝上，又瞬間消散，彷彿一場激戰剛剛結束。
而這黑氣上衝的點，不偏不倚，正好是新竹知名的古廟——

城隍。

「去看看嗎？」九尾狐也是千年大妖，她注意到土地公正凝視著前方黑氣沖天的位置。

「不用。」

「不用？」

「因為，有人已經到了。」

「誰？」

「一隻狼。」土地公微笑。「最溫柔的戰士，狼人T。」

To be continuted...

外篇《少年H的記憶 之一》

數年前，地獄第二層，地獄政府所在地——

這裡有一座名為「地下巴別塔」的特異建築，它與曾經引神震怒的「巴別塔」有些雷同，卻也有些不同。

傳說中的巴別塔，是古老時期狂妄的人類為了與神比高，所修建的聳天巨塔，人類太過囂張激怒了神，因此奪去人類共通的語言，最後引發永不停止的戰爭。

而地下巴別塔與巴別塔最大的不同，是因為這座巴別塔是倒吊的，從介於地獄第一層和第二層間的天空，吊到地面來。

它的形貌有些類似蜂窩，卻又比蜂窩更精緻、更華麗，而且，它對地獄本身非常重要，為什麼呢？因為這裡就是地獄政府的所在地。

建設者，正是地獄政府此刻的重要幹部，蒼蠅王。

此時此刻，一名背著包包，臉上表情輕鬆的少年，正站立在地下巴別塔的正前方。

他仰頭，嘖嘖稱奇。

「真是長得又奇怪，又好偉大的建築物。」少年微笑。「這裡，就是我即將成為獵鬼小組的地方嗎？」

蒼蠅王，這個權傾半個地獄的基督教之王，他正在等人，他坐在獨一無二的大椅子上，凝視著桌上那張紙。

那張蓋著「審」的文件，是最新的獵鬼小組申請單。

申請單上是一個大大的人頭，人頭的下方，是一件有點古舊的道服。

「張天師？」蒼蠅王表情沉思著，「為什麼這個人會想要加入獵鬼小組？以他的地位和道行，有什麼難以達成的願望，讓他想要加入獵鬼小組呢？」

就在蒼蠅王沉吟之際，門被推開，黑無常探頭進來。

「長官，那個少年H來了。」

「嗯。」蒼蠅王沉思著，「讓他進來吧。」

「是。」黑無常的頭正要縮回去，卻看到蒼蠅王的右手舉起。

「等等！」蒼蠅王開口，阻止了黑無常。

「怎麼？」

蒼蠅王打開抽屜，拿出一大串各式各樣的鑰匙，鑰匙彼此撞擊，發出鏘啷鏘啷的聲音。

地獄烽火

「去十九號監獄。」蒼蠅王目光映著那串鑰匙，眼中閃爍異光。

「十九號？！」黑無常略微臃腫的身體一抖，「老大，你沒弄錯吧，號碼排行越前面的監獄，表示越可怕的怪物啊，前幾號監獄還都是留給黑榜十六強的。」

「沒有錯，是十九號。」蒼蠅王嚴酷的表情，沒有半點轉圜的餘地，手指頭開始慢慢搜尋那大串鑰匙。

仔細一看，這些鑰匙形狀都相當奇怪。

一塊正發燙的火焰石，是冰獄的鑰匙。

一塊永遠都吃不完的肥肉，是能引開地獄三頭犬監獄的鑰匙。

還有的是長著一顆眼睛的魔戒，一張寫著盜賊的地圖，一顆寫著海賊的惡魔果實，甚至，還有一本書，上頭畫著一隻苗條的貓女人背影。

這本書，聽說是一把「拖搞監獄」鑰匙。

不過，所有奇怪的鑰匙，都比不上蒼蠅王最後選出來的那個。

之所以奇怪，是因為看不出功用。

那是一罐咖啡，超超超超特濃咖啡。

「用咖啡，才能打開的監獄？」黑無常滿臉疑惑。「那十九號怪物，究竟關在什麼地方？」

「你搞錯了。那罐咖啡並不是用來打開監獄的。」蒼蠅王閉上眼睛，嚴肅的臉上，透露一絲冷笑。「超特濃咖啡，是給你喝的。」

「欸？」黑無常眼睛張得老大。

「你知道十九號監獄關的是什麼怪物嗎？」蒼蠅王的眼睛仍然閉著，「那是一頭專門吃夢的怪物，夢貘。」

「啊……夢貘……」

「千萬，不要睡著。」蒼蠅王把咖啡罐扔向了黑無常，嚴肅的臉上透露霸氣冷笑。「因為，夢，可是會被牠吃掉的。」

此時，少年走進了「地下巴別塔」，才推開門，迎面而來，就是一陣不對勁的氣氛。

從大門四面八方延展而出的靈力線，交錯縱橫，密佈整個大廳。

「這是結界？」

好特異的結界，從密密麻麻的靈力線擴散而出，讓人感受到眼前的朦朧，還有帶點睏意的暈眩。

少年仰起頭，笑，笑中帶著無畏的挑戰。

「看樣子，蒼蠅王是要試試我這個張老道啊。」

貘，是日本傳說中的魔獸之一，其外型像小豬，色澤純黑，聽說牠具有穿越夢境的能力。

牠以人類的夢為食，由於牠如此稀奇的特性，雖然沒有任何戰鬥力，仍成為魔獸界中非常獨特的存在。

而且，貘既是惡獸也是益獸，因為夢境是人類最獨特也最珍貴的靈魂結晶，貘吞走夢之後，會使人類失魂落魄，但同時也帶走了夢中的悲傷與痛苦。

根據傳說記載，當極度悲傷的失戀少女，從黑夜中驚醒，瞥見門邊有著奇異的小腳印，就表示夢貘來過，當夢貘來了，悲傷的夢，也因此被帶走了。

失戀的傷口，也從此開始癒合。

不過，傳說中貘永遠在追尋一種獨特的夢，一種最美麗、最神聖，最讓牠滿足的大夢。

金色夢。

其力量與能量，能讓貘飽餐一頓，長時間不用在城市與鄉間，人類與人類間的夢境徘徊。

而這金色大夢，很多人終其一生，都未曾夢過。

據說，這夢要出現，必須與做夢者，內心真正的渴望，有極大的關連。

這位少年，姓張，綽號是少年H，此時的他才踏入「地下巴別塔」，馬上就面對了這隻夢貘。

夢貘，百年來，始終沉睡於地獄政府的獨特十九號監獄中，這座監獄沒有所謂的鎖，更沒有所謂的萬仞高牆，這裡有的，只是一片空盪的平台。

平台極寬極廣，佔地千坪，這千坪地中什麼不限，就只限生物，因為全世界所有的生命都會沉睡，而沉睡中不免帶出夢境。

一有夢境，貘就有逃脫的管道，藉由各種奇異的夢，潛逃到世界各地。

貘極為難抓，當年要不是蒼蠅王背後那神秘的長髮高手親自出手，也逮不住這頭在夢境優遊的奇獸，夢貘。

這長髮高手外型看來雌雄莫辨，既帥氣又帶有幾絲屬於女人的冷豔，他親自做夢引夢貘前來，然後在夢境中將貘一舉擒獲。

「險。」當這長髮高手將這隻夢貘交給蒼蠅王的時候，只淡淡的講了一個字。

光這個險字，能讓這頂級高手吐出「險」字，就足以讓蒼蠅王背脊冒出冷汗。就足以讓夢貘被關入編號十九的監獄中。

蒼蠅王之後更設計這個連蟑螂都爬不進來的平台，困住了夢貘，而這一困就是百年。

如今，在黑無常的帶領之下，貘終於離開了那片空地，短暫的重獲了自由。

黑無常粗大的黑手抱起這隻外型酷似小豬的夢貘，穿過長長地獄政府，走向地下巴別塔。

途中，黑無常忽然感到不尋常的暈眩感，他一低頭，赫然發現懷中的夢貘，長長的鼻子顫動，身體逐漸透明起來。

「難道……」黑無常腦中暈眩感越來越強烈，他大吃一驚，急忙掏出蒼蠅王給他的超特濃咖啡，一口飲盡，喝完還不夠，又掏出蠻牛、維士比、保力達B，反正人間所有廣告打過的提神飲料，全都吞下肚之後，終於……那暈眩感消失了。

而這隻貘，身體又變回了正常顏色。

只是睜著一雙眼睛，看著黑無常。

「呼呼，真是太恐怖了。」黑無常只覺得餘悸猶存，「這貘難怪能被關進十九號監獄，光牠能讓人入夢，就已經是極罕見且難纏的能力了。」

而貘雖然沒有成功的進入黑無常的夢，牠卻沒有絲毫喪氣，牠只是咂了咂嘴，回味著剛才夢的味道。

「這人如果做夢，大概是淺淺的灰色吧。」貘心頭想著，「淺灰色的夢味道太淡，是已經被忙碌生活壓榨到快要失去夢想的現代人，最常出現的夢，比起來，炙熱慾望的紅色的夢太燙口，茹素的綠色夢雖然健康卻吃不飽，總而言之，還是金色的夢最美味！」

貘一邊想著，忍著大吃一頓的衝動，來到了巴別塔的最內部，那間掛著「執行長」的房間門口。

這一剎那，貘的頭猛然抬了起來。

夢的味道？這夢的味道……未免也太……

而貘的情緒，更在這黑無常慢慢推開門的一瞬間，到達了頂峰。

牠的身體掙扎了一下，突然間牠不餓了。

不餓，不是因為牠吃飽了，或是牠這一剎那，所有的血液全都流出了胃袋，轉向了鼻腔，以及裡面的嗅覺感測細胞。

氣味。

這是什麼氣味啊！

貘全身發顫，饑餓了百年的胃，失去了填飽的慾望。

巨大、深邃、冰冷，宛如深海萬里中一座沉默千年的船，散發著詭異而且寂寞的氣息，躺在連死亡都不願意靠近的海溝中。

這是黑色巨夢，充斥整個空間的超級巨大黑色夢。

貘從來沒有看過這麼可怕且龐大的夢。

沒有。

究竟，是誰有著這樣的夢？

貘害怕的緊閉雙眼，牠感覺身體正在下降，然後四隻腳接觸到冰冷的地板，是黑無常將牠放到了地板上，接著，耳中傳來一個嚴肅的聲音。

「睜開眼睛，貘。」那黑色夢的主人，開口了。

「咕。」貘慢慢把眼睛睜開成一條縫，而張牙舞爪的黑色夢，也瞬間消散了。

一個身著端莊西裝，動作優雅，表情冷酷，一看就知道是領導者的人物，正站在貘的面前。

「想要自由嗎？」蒼蠅王聲音威嚴而低沉。

「咕。」貘身軀一顫，低下頭來。

「很好，只要你幫我完成一個任務。」

「咕。」貘依然低著頭，他並不是畏懼蒼蠅王的權勢與力量，真正令他害怕的，是那個夢。

那個黑色巨大的夢。

「貘，我需要你看夢的能力。」蒼蠅王的聲音嚴肅，給人一種凜然的威勢。「把一個人的夢找出來，然後告訴我，為什麼他要參加獵鬼小組，為什麼？」

「咕……」貘抖了抖身體，表示遵從之後，正要退後，離開房間門。

忽然，背對著門，雙手負在後面的蒼蠅王，開口了。

「貘，對了。」

「咕？」

「你剛剛究竟看到了什麼？」蒼蠅王的臉半轉，正氣凜然的臉龐上，帶著難以形容的複雜情緒。「你剛剛緊閉眼睛，表情驚怕，難道是看到我的夢嗎？」

「……」

「告訴我，你看到了什麼？」蒼蠅王注視著貘，「為什麼會怕成這樣？」

「……」貘抬起頭，慢慢吐出了幾個字，這是不熟悉人類語言的牠，所能開口的極限。

「兩個。」

「兩個？」向來泰山崩於前，也不為所動的蒼蠅王，表情卻微微的改變了。

「……你有，兩個。」貘抬起頭，第一次，牠正視著蒼蠅王寬闊的背影。

「然後呢？」蒼蠅王的聲音，有著難以察覺的壓抑。

「而且，你們兩個，都…………非常，寂寞。」

「呼……」蒼蠅王吐出長長一口氣，「你可以走了，貘。」

「咕。」貘退出，離開了房間。

空盪盪的房間中，只剩下蒼蠅王一個人雙手背對著大門，閉著眼睛，許久都沒有動。

許久，都沒有動。

「我們兩個，都非常寂寞？」蒼蠅王輕輕的自言自語。「若要成為神，哪個神不寂寞？哪個神不孤單呢？」

巴別塔前——

少年H的右肩背著包包，面對眼前正在扭曲的空間。

「很像結界，又有點不太像。」少年H歪著頭，忽然，他伸手揉了揉自己的眼睛，然後張開嘴，小小的打了一個呵欠。

「怎麼有點愛睏……」少年H搖頭晃腦，隨著他腦海中瞌睡蟲不斷亂爬，眼前的空間又更加扭曲了。「咦？不對！」

少年H又伸了一個懶腰，只是他的動作，卻停在雙手伸直的這個位置。

「我在打呵欠？」少年H昏昏欲睡的腦海中，閃過一道悶雷。「自從我修煉太極武術以來，武術與內力不斷提升，而且全身氣血順暢，極少疲累，更不曾在白日打過呵欠，今天究竟是怎麼回事？」

「咕。」

就在少年H的眼神逐漸迷濛之際，地板上爬出了一隻類似小豬的動物，四腳極短，身軀卻圓滾滾的讓人一看就喜愛。

小豬仰著寬鼻頭，頂了頂少年H的腳踝，四隻短腳移動起來，活像是一個會動的撲滿。

「這一切，是你造成的嗎？」少年H慢慢的坐下，雙腿盤起，歪著頭，看著眼前這隻外型特異的生物。

「咕咕。」

「能夠這樣不知不覺的偷襲我……」少年H微微一笑。「夠厲害啊，小魔獸。」

「咕……」貘搖動短短尾巴，不斷催動自己的力量，要將少年H帶入夢中。

而少年H只覺得自己彷彿陷入一片很軟很軟的土地中，意識沉入了軟土，只要閉上眼睛，一切就會舒服了，就不會那麼辛苦了……

「能催人入夢，外表又似小豬，難道，你是來自古老日本傳說的，食夢？」說完，少年H終於抵受不住強大的催眠力量，頭一垂，說話聲音戛然而止，偌大的空間中，只剩下輕輕的鼾聲。

「咕。」食夢貘，搖擺著短短的尾巴，慢慢走到正在垂著頭的少年H身邊，貘張開了嘴巴，一根類似吸管的舌頭，慢慢的伸了出來。

舌頭一碰觸到少年H，怪事就發生了，因為H身上的皮膚，竟然開始慢慢溶解，像是可口甜蜜的冰淇淋一樣，一滴一滴的往下滑。

「好像，粉，好吃，咕咕。」百年沒進食的貘，興奮的直搖尾巴。

可是，就在下一秒，貘的尾巴忽然不搖了，因為牠從眼角餘光中看見，化成冰淇淋的少年H臉龐，肌肉牽動出了一個微笑。

接著，貘察覺自己的四隻短腳，竟像是黏在地上一樣，不能動了。

「咕咕咕咕！」貘吃驚的搖頭晃腦，拼命的想要移動，可是四隻腳卻只是黏得更緊，牠低頭往下看，不得了了！地面上不知道何時，竟出現了一個……

太極圖形！

黑白兩色象徵天地無極，左右迴旋代表循環不息，就是這個太極圖，鎖住了貘的四隻腳，讓牠動彈不得。

「咕。」貘一抬頭，卻見到一雙明亮有神的眼睛，正注視著自己。

「對付結界的第一法則。」少年H盤腿而坐，右手撐住臉頰，笑嘻嘻的看著眼前這隻小魔獸。「就是引出結界師，抱歉啊小動物，你中計了。」

「咕咕。」貘拼命動著自己的短腳，焦急的左顧右盼，卻仍然無法動彈。

少年H微笑伸出了右手，放在貘的頭頂上，看似溫柔的撫慰這隻慌張的小動物，事實上，頂極高手的純然靈力，正透過掌心，無傷害性的制服了貘這隻魔獸。

「嘿，你動不了的，你以為我為什麼這麼不怕瞌睡蟲，別忘了我以前可是待過寺廟的喔，老僧的唸經可比你容易讓人打瞌睡哩。嘿，如果沒有其他人讓我分心，你是沒辦法催眠我的。」少年H笑著看著貘，「食夢貘啊，告訴我，你為什麼會出現在地下巴別塔裡頭？又為什麼要攻擊我？」

貘的眼神慌張，全身受制的牠眼神不再瞧著少年H，而是看向H身後的那片不透光的玻璃。

玻璃的後方，則是正緊張的搓著雙手，焦急的黑無常。「老大，沒想到少年H這麼厲害，貘被抓住了，怎麼辦？」

「小事。」站在玻璃正後方的蒼蠅王，表情沒有絲毫改變，只是，慢慢抬起了他的右手。

然後，蒼蠅王嘴角揚起。

他的右手，倏然消失。

從衣袖以上，右手掌整個不見了。

手掌嗡的一聲，化成千百個黑點，往四周散開。

「蒼蠅們，加入戰局吧。」蒼蠅王冷冷的說，只見那千百個黑點，在空中化成一道銳利箭影，直接射向少年H和貘。

這場少年H與貘的鬥智鬥力，因為另一個高手的介入，即將帶來天翻地覆的改變。

少年H皺起了眉頭。

因為他知道，此時此刻新的力量，已經介入。

嗡嗡嗡嗡嗡……

一陣擾人的怪音，由遠而近，由弱而強，在大廳的樑柱間迴盪。

「這是？」少年H睜開眼睛，試圖尋找怪音的來源，卻發現眼前已經陷入一大片黑霧之中。

眼前無數的黑點，不斷在大廳中急速亂竄，充斥了整個房間。

「這些黑點是直衝著我而來的，所以這不是結界！更不是貘的力量！這力量太精純又太霸道。」少年H昂起頭，注視著眼前這片鋪天蓋地而來的黑霧。「看樣子，真正的幕後黑手，終於要露面了啊。」

少年H表情冷靜，手掌伸入懷中，指尖沾上一點硃砂。

「唉，初來地下巴別塔，就要動上真功夫。」少年H一嘆，指尖在空氣中畫動，一個『散』字凌空出現。「急急如律令，給我散！」

散。

空中這符咒之字，先是微微收縮，一陣燦爛紅光流轉。

然後，爆開。

火焰無聲，一閃而逝，接著一陣淒厲狂風從火焰中爆湧而出，頓時席捲整個客廳，狂風所到之處，黑影破散。

客廳中四處都是黑影裂散的痕跡，像是一場無聲卻又近在咫尺的黑色煙火饗宴，華麗卻也戰慄。不消幾秒，黑霧點點落盡，大廳終於恢復了本來的模樣。

而少年H的腳踏過這地上的黑點，他蹲下，撿起了一個被爆風擊落的黑點，剎那間，他眼神中閃過一絲不解與驚奇。

大眼、黑身，以及透明如鱗片般的翅膀，這是……

蒼蠅？

從天堂到地獄，以蒼蠅為武器，又能創造出如此威力強大的黑霧的高手……

該不會……

只是，少年H的詫異卻只持續短短的一瞬間，因為，他看見了自己的手臂，冒出了點點的水珠。

不，這不是水珠，這是皮膚融化的痕跡。

皮膚像是冰淇淋軟綿綿的融化痕跡。

「哈。」少年H不怒反笑。「夢貘啊夢貘，還是讓你得手了。」

隨著身體的融化，少年H感到自己的意志，正在迅速崩離，彷彿腦海中的東西，被拉成一條細絲，慢慢的被抽出。

並不難受，只是有些奇異的悵然。

彷彿在某個寧靜而優雅的秋天午後，一個人，看著窗外，喝著熱燙的咖啡，而忽然想起那些在生命中曾經重要，卻終究只是回憶的人們。

此刻，很有些哀傷，卻也很美。

『這就是被食夢的感覺嗎？』

H慢慢回頭，看見那個食夢者，貘。

「原來，這些蒼蠅不是用來攻擊的。」少年H搖了搖頭。「而是用來釋放你，以及讓我分心的。」

「咕。」貘閉上眼睛，慢慢把少年H的夢，給慢慢吸出來。

貘緊閉著眼睛，牠無法直視少年H，因為牠知道無論是牠或蒼蠅王，都沒有真正擊敗少年H，要不是少年H在捕獲貘的時候，手下留情，戰局又怎麼可能翻轉？

「如果，偷襲者是蒼蠅。」少年H因為慢慢進入夢鄉，所以顯得有些搖頭晃腦，「所以這是一場進入獵鬼小組之前的測試，看樣子，我非輸不可了。」

咕咚。

少年H終於睡著了，身體也完全融化了。

而他的夢，也在此刻，從融化的那灘水中，浮了出來。

夢，是圓形的，像顆美麗的氣球。

而將這氣球吸出來的貘，卻在此刻，睜大眼睛，眼神中盡是詫異。

不可思議。

這夢，是藍色的，憂鬱與思念的藍……只是，在藍色之中，牠卻看到了一道截然不同的光彩線條。

這一道光彩雖然短暫與模糊，但它的顏色卻讓貘久久，久久無法釋懷。

因為，它是金色的微光。

地下巴別塔，蒼蠅王的辦公室。

叩！叩！叩！一陣敲門聲，在門外響起。

「進來。」蒼蠅王一貫威嚴的語氣。

「是。」推門而入的是黑無常，他手上拿著一張紙。

紙上一堆凌亂線條交錯，似乎是一張被塗鴉過的紙。

「報告蒼蠅王長官。」黑無常開口。「這是根據貘的描述，關於少年H夢的樣子。」

「花了不少時間啊。」蒼蠅王看著牆上的時鐘，皺眉。

「是是是。」黑無常額頭上浮出一顆汗珠，「因為貘不太會說話，所以只能我們找來動物通靈師，又從地獄中找來地獄畫室的工讀生米開朗基羅，才勉強畫成。」

「嗯。」蒼蠅王的右手伸出。「給我看看。」

「是。」黑無常恭恭敬敬的把塗鴉紙遞上。

打開這張塗鴉紙的那一瞬間，蒼蠅王的額頭浮現招牌的上額皺紋。

「這是什麼啊？」

「我也看不懂……」黑無常說，「連米開朗基羅工讀生都看不懂，而且他還急著回陽間拍忍者龜續集，所以……」

「你別廢話。」蒼蠅王的手再度舉起，他一直覺得黑無常是一名相當盡責的手下，不過有個缺點，就是話實在太多了。

「是是是。」

「這些線條，胡亂交錯排列，乍看之下，毫無意義。」蒼蠅王的眼睛瞇起，額頭上的一條一條橫向皺紋，顯示他正在運用統治地獄政府的高度智慧，解決這個謎團。

「關鍵在，角度。」蒼蠅王嘴角溢出冷笑，他把紙放在桌上，手指頭按住紙的一角，然後，慢慢的轉動起紙張。

十度，二十度，三十度……大概在轉動了六十度後停了下來。

「這樣，就可以看見這些線條中的其中一個圖形了。」蒼蠅王眼睛閃過異光。

「喔？」黑無常看著蒼蠅王桌上那張紙，嘴巴張大了。「這好像是……」

「一個拿劍的少年。」蒼蠅王沉吟著。「或者說，不過拿劍的姿態滿特別，像是操縱那把劍。」

「操劍師？」黑無常喃喃自語。

蒼蠅王點頭，又繼續轉動紙張，一百度，一百一十度……約莫在一百二十度的地方，第二次停止了紙張。

「這不是一個人啊。」黑無常表情疑惑。「好像是兩件東西。」

「嗯，一個是劍。」蒼蠅王看著紙，「還有一個，卻是一個破碗。」

「一把劍，一個破碗？這又是一個什麼故事啊？」黑無常喃喃自語。

接著，紙張持續轉動，除了剛才的一破碗與一把劍外，就沒有再出現新的訊息了。

「結束了嗎？」黑無常抓了抓頭髮。「貘這動物聽起來很厲害，事實上什麼都沒有套出來嘛。」

「不。」蒼蠅王注視著那張紙，嚴肅的表情忽然閃過一絲詭笑。「還有，第三個人！竟然藏在這裡啊。」

只看到蒼蠅王的右手猛然竄出，兩指夾住紙張，然後強大的靈力灌入其中。靈力，隱隱透出色彩，是尊貴與神祕的交融，「紫色」。

「可視……靈波？」黑無常只看得是兩眼發直，這不是他第一次看到蒼蠅王的可視靈波，只是他發現蒼蠅王的顏色一次比一次清楚，顯然力量在這幾年內，正不斷激升中。「老大，你，真是太優秀了！」

紫色靈力一碰到紙面，立刻如蜘蛛網般往四方擴散開來。

微觀來看，紫色靈力正沿著紙張纖細的纖維，快速的流動著，只為了找到紙張中所隱藏關於夢的訊息。

少年H是何等角色？要破解他的夢，豈能用普通方法？

蒼蠅王笑了。

這是一種棋逢對手的笑。

能遇到少年H，果然過癮啊。

不過，一旁黑無常卻在這時露出困惑又擔心的表情，喃喃自語著。

「人家說可視靈波除了可以表示力量強弱之外，更重要的，可以看出靈力者本身的性格特質。老大天生尊貴，呈現紫色很正常，只是……怎麼隨著他的紫氣增強，顏色怎麼越來越不紫了勒？有點髒髒的感覺，像是黑色混入了其中……黑色和紫色，老大一個人怎麼可能有兩種截然不同的顏色，他又不是雙胞胎。」

不過，黑無常並沒有將這份疑惑說出口，因為他的眼睛，已經被另外一件事完全給吸引住了。

那張紙，變了。

隨著紫色靈氣四處蔓延，覆蓋了整張紙，紙面先是往下凹陷，然後，凹陷中出一個怪異的圖形。

「是人。」黑無常自言自語，「好像……還是個女人哩。」

圖形只有上半身，動作窈窕，卻只是一抹影子，一道投在火車窗戶上的模糊影子。

不過，這影子比起一般女孩，卻多了一個奇異的特徵。

貓耳，她有著一對貓耳？

這張圖，簡直就是地獄史上最奇怪但是暢銷的書「地獄列車」的封面照。

「有貓耳朵的女人？」黑無常困惑的說著，「少年H夢中，隱藏著一道女人的影子？可是，我從來沒聽過張天師生命中有女人啊？更怪的是，怎麼不是一個清楚的人？難道張天師對這人的印象並不清楚？」

也就在黑無常困惑的時候，紙張上紫光悄悄消散，蒼蠅王收起了自己的靈力。

蒼蠅王，這個權傾地獄，一手塑造地獄共和民主的重要官員，雙手五指交叉，閉目沉思起來。

而且，這一沉思，就是三分鐘之久。

「長官？」黑無常試探性的問道。「你還好嗎？使出可視靈波很累嗎？要不要小的去跟你買罐保力達B之類的？」

「黑無常。」蒼蠅王睜開眼睛，額頭上皺紋此刻尤其清楚。「去喚醒少年H。」

「啊，遵命。」

「然後，」蒼蠅王的眼神中，透露著令人無法理解的複雜。「告訴他，我們會完成他的一個願望，答應他加入獵鬼小組。」

「是！」黑無常正要退出門後，忽然，蒼蠅王的右手又舉了起來。

「老大，不，長官，又有什麼事？」黑無常心裡嘀咕兩句，這蒼蠅王是怎麼回事，事情不一次交代清楚，老是要等到別人要推門離開了，才用右手把人給叫回來。

「貘……他有沒有說，少年H的夢……」蒼蠅王眼睛看著紙面，輕輕的說。「是什麼顏色？」

「啊？」黑無常歪著頭，用力想了一下。「好像是藍色，啊，不過貘看起來很高興，尾巴一直搖。」

「尾巴一直搖？」

「對，啊！我想到了，除了藍色，貘還說了另一個句子……」黑無常試圖模仿貘那生硬的聲音。「『金線，隱藏在藍色的夢裡』。」

「是嗎？金線啊……」蒼蠅王又閉上了眼睛，「這麼美的夢啊。」

「老大……」

「你出去吧。」蒼蠅王揮了揮手。

「是。」黑無常闔上了門，旋即又把門小小的拉開了一條縫，小聲的說：「老大，國事雖然重要，但可別把您自己搞得太累了啊。」

蒼蠅王沒有回答，只是安靜的閉著眼睛，額頭上的皺紋卻清楚的在燈光下浮現。

少年H是有著淺淺金線的夢嗎？那夢和那投影在火車窗戶的女孩有關嗎？

而我，卻是黑色的巨大夢嗎？還是兩個嗎？

明亮寬敞的辦公室中，此刻卻是寧靜無聲，只聽得到蒼蠅王像是在夢囈似的，輕輕的自言自語著。

「身不由己，身，不由己啊……你說是嗎？」

偌大的辦公室中，蒼蠅王的最後這句「你說是嗎？」迴盪在潔淨的大廳地板上，卻沒有任何人的回應，徒留在這片空間中，是那霸者嘆息的蕭條回音。

還有，那張停留在女孩背影的紙張，正隨風輕輕的晃動著。

那個一碗茶，一把劍的故事，又是怎麼回事呢？

於是，張天師就以少年H的外表與名義，正式加入了獵鬼小組，成為曼哈頓獵鬼小組的一員，當了兩年的實習生後，升為正式組員。

不過，就在他榮升正式組員的那一年，曼哈頓獵鬼小組，爆發了史上最慘烈的一役。

地獄列車事件。

五位團員，二死一昏迷一重傷，最後全身而退的反而是這位深藏不露的少年H。

只是，這兩年與獵鬼小組攜手奮戰的日子，少年H卻始終沒有再提起自己的夢。

為什麼要加入獵鬼小組？

為什麼夢境中會有個提劍的少年？

為什麼夢境中有一碗水，一把劍？

又為什麼，夢境中隱藏著那曼妙的女孩影子？

少年H究竟在追尋什麼？

究竟……

請看下章——地獄系列《外傳》少年H的夢——一碗水，一把劍。

《外傳》第一章　貓女自遠方來

仙草蜜，香醇的黑色液體，此刻正緩緩的滑過貓女的咽喉，甜味過後，從胃袋翻騰上來的，卻是如同地獄岩漿般炙熱的火焰。

貓女，以為自己就要被燒成了碎片。

一如七月烈日般的滾燙，從胃袋擴散到四肢百骸，燒熔著她的每寸筋骨。

她無法呼吸了，她從古埃及修行千年的巫力在這上古魔物蚩尤的力量面前，簡直就是螢光對上烈日，不堪一擊。

「糟……糕……」貓女身體內那股巨大火焰四處衝撞，所到之處貓女只覺得五臟六腑都被燒化了。「沒想到……力量等級差這麼……多……」

不過，也就在這個時候，貓女耳邊，傳來一個嘻皮笑臉的聲音。

「貓女，這仙草蜜放得有點久了，喝起來會拉肚子，我沒說錯吧。」聲音的主人，不用懷疑當然是土地公。

「力量太強……」貓女跪在地上，她渾身顫抖。「我怕……撐不過去……」

「別撐，傻女孩。」土地公說到這裡，聲音轉為嚴肅。「我的力量承繼於魔族巨人與神族神農，沒有任何的混雜，是天地間最純然的力量之一，妳無法與之抗衡的，我只能給妳一句話，海納百川，故能成其大。」

「海納百川，故能……成其大？」貓女的身體痛得縮成一團，已經無法完整的唸完整個句子。

「把自己當海。」土地公的聲音，又在此刻溫柔了起來。「去納百川，去接受這力量。」

「把自己當海？」貓女的眼睛閉上，說話聲音已經如同夢囈。

「把自己當河川，終究有天，要回到海中的。」土地公的聲音越發溫柔。「妳是海，也是川，妳不是海，也不是川，妳懂嗎？」

「我是海，也是川，既不是海，也不是川？」貓女彎著腰忽冷忽熱的顫抖，「這究竟是什麼意思？那我究竟是什麼？」

「呵呵。」土地公搖頭晃腦，「妳如果想不通，就肯定掛了，但是若是妳想通了，不僅能潛入前世今生尋找H小子，更對妳的修行有極大助益喔。」

「我是海，也是川，既不是海，也不是川，所以我是……」貓女眼睛閉上，這剎那，她腦海中浮出了少年H的臉。

那張永遠帶著微笑的臉，那張自信蓬勃的臉，那張總是專注看著世界的臉，他會怎麼解釋這句話呢？

海，究竟是什麼？川，又指的是什麼？

海與川彼此又有什麼關係呢？

又有什麼共通點呢？

「海川原本都是同一物。」貓女正蜷曲在地上，她閉著眼睛，因為疼痛流汗而濕去了頭髮，一綹一綹的貼在她光滑的臉頰上。「我懂了，所以那是……」

「是什麼？」土地公聲音中帶著鼓勵。

「是水。」貓女笑了，像是少年H一樣，輕鬆的笑了。「只有水，才是海又是川，不是海又不是川。」

「嘿，不錯嘛，H小子果然沒看錯妳哩。」土地公的聲音滿是欣慰。「然後呢？」

「我是水，所以，我無所不在，我既是海也是川，我……」貓女在這一剎那，忽然覺得，剛剛喝下的仙草蜜竟然不再火燙，反而與體內修行了千年的巫力合而為一。

宛如一條巫力大河與蚩尤魔力大川在寬闊的海岸交會，迸出燦爛的水花之後，一同入了汪洋之中。

「既然妳是水，妳是構成萬物的基本。」土地公接著說，「那時間與空間對妳已無意義，去吧，去找H吧。」

「嗯。」貓女身體不再蜷曲，反而緩緩起身，優雅而俐落的，從地上起身。

只看她這個動作，凝重與輕靈兼具，威勢與美麗並容，不用說，貓女的靈力又更強了。

甚至，她那緩緩游動的尾巴尖端，已經透露出一絲微弱的色彩。

桃紅，是溫暖而亮麗的桃紅色。

距離可視靈波的顏色，只是短短的一線之隔了。

「土地公，不，也許我該稱你為蚩尤魔神。」貓女雙手攤開，表情輕鬆而溫柔。「謝謝你，放心，我一定會去把少年H給帶回來。」

我一定，會把少年H給帶回來的。

「嘻嘻，就靠妳啦。」土地公的聲音再度回到那熟悉的嘻皮笑臉。「不過妳要記住，我的力量把妳送回少年H夙願產生的地方，但，妳無法維持原本的樣貌喔。」

「喔？」

「因為一個時間無法並存兩個貓女，所以我把妳變成了另外一個樣子，但是妳放心，我很夠義氣，給妳三次回復本來模樣，回復本來力量的機會。」

「嗯，三次。」貓女慎重點頭。「我會珍惜這珍貴的三次機會的。」

「好吧，去吧，去把妳的幸福找回來吧。」

「嗯。」貓女閉上眼睛，身體已經慢慢消失在地獄遊戲之中，而她的戒指正在發光，這是她與少年H最後神祕的聯繫。

戒指，會替她找到最正確的路。

「等著我。」貓女睜著一雙明媚大眼，眼中是無比的堅定。「H，我一定把你活著帶回來，一定。」

一定。

南宋——

這是中國漫長五千年歷史中，極其特殊的年代。

這年代，歷經了北宋末年的戰亂，人民流離，北方遊牧民族巨大壓迫，人心惶惶不知道明日為何物？

這年代，卻也文人輩出，憂國憂民者將生命力寄託在藝術之中，展現出中國從古至今最晶瑩燦爛的文化力量。

這年代，沒有出現足以力挽狂瀾的民族英雄，卻有許多可歌可泣的故事。

這年代，沒有天下太平的大唐榮景，卻誕生了許多影響千年的經濟法則，更讓商人們足跡遍佈全國。

這年代，人們懷念北方大麥的滋味，卻也能盡情品嚐南方稻米的香甜。

這年代，是最黑暗的年代，也是最燦爛的年代；是最深沉的年代，卻也是最奔放的年代；是最沉默懷鄉的年代，卻也是最縱情娛樂的年代。

這年代，沒有人知道未來會如何？但，每個人都盡情揮灑生命。

這年代，竟與數百年後的今天，有幾分相似。

地獄烽火

這年代，主角不再是豪傑，而是樂觀勇敢的市井小民。

如今，這年代的天空突然破裂，摔下一名不速之客。

一頭如絲綢的黑髮迎風舞動，這名不速之客閉著眼睛，正直直墜落，從四十公尺的高空垂直落下。

她是貓女，從地獄遊戲喝下仙草蜜，直達南宋末年的貓女。

等她驚覺自己正在墜落，距離地面只剩五公尺了。

她往地面一瞄，地上數十人頭正胡亂攢動，圍著一個巨大木箱，還有幾道凌厲武器反光夾雜其中。

「武器？」貓女心中冒出疑問，卻已經無暇去理會，她現在必須做的事情只有一項，那就是，安穩的落地。

墜落速度，正在加快。

貓女曼妙的身材在空中迴旋了半圈，變成雙手雙腳朝下，然後，在最後一剎那，她雙腳觸到了硬地。

太快了。

這不是地面，而是粗糙而且堅硬的木條。

難道……貓女一低頭，表情苦瓜。「算錯？我跳到這木箱上了！？」

而且，就在貓女落在木箱上的同一時間，原本揮舞晃動的武器都停止了，慢慢轉向，陰森的刀刃全都對準了貓女。

貓女的英挺精緻的五官，被刀鋒給反光成一片雪白。

「有人劫囚車！」所有武器，同時舉起，同時朝著貓女身上招呼。「殺！」

殺！？

「囚車？」貓女雙腳雙爪趴伏在木箱上，苦笑。「誤會啊。」

說完，貓女的黑髮甩動，手上利爪陡然伸出，面對數十把直搗而來的冷刀、銀槍、利刃，貓女只是伸出爪子，然後滴溜溜的轉了一圈。

鏗鏘，鏗鏘，鏗鏘……

所有的武器，同時被貓女切斷，飛上了天空。

底下的人群先是錯愕了整整一秒，然後整齊的退後一步，口中大喊：「敵人厲害，有請右將軍！」

「右將軍？」

貓女一側頭，鬼頭刀劃破戰慄空氣，從橫邊直削而來。

貓女被困在木箱上，能閃躲的空間有限，要躲掉這把鬼頭刀，唯一的辦法是——跳！

貓女靈巧躍起，一低頭，看見鬼頭刀主人是個身材壯碩巨大，滿臉悍氣鬍碴的蒙古大將。

而讓貓女皺眉的，是那將軍露出兩排泛黃牙齒，得意的笑了。

「妳中計了，女人。」

鬼頭刀把貓女逼上了天空，無從借力的她，看見了一條佈滿尖刺的鎖鍊，在天空橫掃出一個扇形。

扇形凌厲，掃向貓女。

「有點能耐，難怪能當將軍。」在空中的貓女，瞇起眼睛，那是一個讓全場軍士目眩神迷的迷人笑容。

只是當笑容過去，鎖鍊掃過木箱之上，貓女卻不見了。

「咦？」

右將軍一手提著鬼頭刀，一手拉著鐵鍊，一臉錯愕。

接著，他像是被某種靈感捕獲似的，一個急回頭，他看見了一幕畢生難忘的畫面。

那是一條溜過的貓尾巴，毛茸茸的，輕輕滑過右將軍的臉龐，清香的氣息和微癢的感覺，讓右將軍瞬間連呼吸都忘記了。

可是，右將軍畢竟是右將軍，他被蒙古王朝託付來押解這名犯人，就是看中他在戰場上未嘗敗績的爆發力。

只見他鬼頭刀一甩，施展出霸氣十足的刀法，追擊正在他身上輕巧移動的敵人，貓女。

「嘻嘻，以你的刀法，是抓不到我的啦。」貓女的笑聲在右將軍的周身急速游動，右將軍恨得牙癢，偏偏又抓不到這隻兼具速度和靈巧的神秘高手。

「吼！」右將軍咆哮，手上的鬼頭刀沿著自己的身體越舞越快，每一刀幾乎都貼著自己的身體肌膚劃過，激起勁風虎虎，更將四周的士兵震得往後退。

但，貓女就這樣在這片刀影和狂風中，繞著右將軍強壯身軀不斷溜動。

抓不到，就是抓不到。

幾次貓尾巴溜過右將軍的臉龐，都讓他產生極度怪異的感覺，柔軟而溫暖，心頭甜甜的發癢，右將軍越是要驅趕這感覺，鬼頭刀就揮得越快、越猛、越急。

而就在右將軍已經陷入忘我的狂舞之中，貓女則跳開了右將軍的身軀，跳回了巨大木箱之上。

直到此刻，貓女終於有足夠的時間去觀察周圍的景色。

木箱周圍，是上百名擾動的士兵，個個面目粗豪，肌肉糾結，而五官雖然與少年H同屬於東方人，卻多了一點豪氣的濃眉大眼。

到後來，貓女才知道，這樣的血統，在中國被稱作「蒙古」。這蒙古血統則在日後的某天，征服了中國，征服了亞洲，甚至橫掃半個歐亞大陸，締造人類有史疆土最遼闊的王朝。

蒙古士兵何等強悍，能夠動用上百名精兵加上一名右將軍押解的犯人，究竟會是什麼樣的一號人物呢？

貓女雙腳落到了木箱之上。

忽然，聽到了腳底下的箱子，傳來一聲極輕的嘆氣。

「閣下腳步之輕，速度之快，我生平罕見。」木箱下，一名男子的聲音低沉。

貓女一笑，輕聲回應。「你也不賴啊，待在箱子裡面竟聽得到我的腳步聲。」

「過獎，不過，閣下請離開吧。」男子聲音真誠。「感謝妳特地來攔這台囚車，可是妳救不走我的。」

「嘿。」貓女輕笑，內心暗暗的說，我可不是來救你的喔。我只是不小心掉到這木箱上而已啦，嘿嘿。

只聽到箱子底下那男子聲音，仍滔滔不絕。「妳救不走我的，右將軍看似莽撞，其實個性極為沉穩內斂，他真正致命的武器……」

「是什麼？」

「是這條鎖鏈。」右將軍的聲音冷然，從貓女的後方傳來。

這剎那，貓女聽到了風聲。

鎖鏈劈開風的聲音。

就在自己的後腦正後方。

「好厲害的偷襲。」貓女在毫髮之間，猛一低頭，避開了鎖鏈的奪命路徑。「差點就打中我哩。」

「小心！」木箱底下，卻是那男子驚惶的聲音。「那鎖鏈沒那麼簡單，右將軍的役靈術，會讓鎖鏈變活的！」

「役靈術？活的？！」

這剎那，貓女感到背脊一陣寒意。

因為她感覺到，「鎖鏈」不但沒有順著軌道飛向遠方，反而啪的一聲，掉到了自己的後頸上。

而且，「鎖鏈」上細小而冰冷的鱗片，在貓女的後頸上爬梭，原來……

這次的鎖鏈，不再是倒刺，而是蛇！

是一大串糾結的致命毒蛇！

蛇群在貓女纖細的背部，往四面八方爬行開來，而貓女則在此刻，動怒了。

低著頭的貓女，真正的動怒了。

從五千年到現在，除了伊希斯，賽特，濕婆，或是聖佛這樣等級的高手外，還有誰能讓貓女一開始就居於劣勢?就連少年H,也是因為貓女保留實力,才勉強擊敗她。

如今,貓女震怒,她竟讓一個名不見經傳的蒙古將軍,給逼到了危險關頭?

不是她太大意,就是這右將軍真的擅長隱藏自己的特殊能力!?

「開玩笑,老娘會輸你!?」

黑榜上,黑桃皇后的震怒,可不是一句對不起就算了的。

這剎那,所有的蛇,這些曾經伴隨右將軍,奪取無數南宋士兵、中原武林好手,甚至是法術道士的毒蛇,都同時僵住,然後,開始逃竄。

發狂的,逃竄!

可是,生氣的貓女會讓這樣的事情發生嗎?數十條銀光在空中飛舞,所有的蛇都斷成了數截。

貓女的爪子,快得太驚人。

「好!」右將軍粗豪的眼神閃爍,停止甩動鬼頭刀,撲了過來。「敢獨自來劫車的,果然有些看頭!」

「哼。」貓女斬斷這些毒蛇,同時右腳微蹲,所有的力量灌注到大腿肌肉之中。

肌肉的力量卻像積鬱了千年的火山,瞬間爆發。

接著發生的畫面,則像是慢動作重播般,一個影子竄過,右將軍的鬼頭刀瞬間斷成兩半,堅鋼凝鑄的頭盔斷成兩半,粗豪的長髮在空中亂舞。

在空中一點一點綻放的，是從右將軍臉頰噴出來的滾燙熱血。

而一眨眼，黑影又竄回木箱上，露出了她本來誘人的真面目，貓女。

一手扠腰，窈窕婀娜的身材，俏然立於木箱之上。

如此豔麗，如此英氣，如此迷人，綜觀地獄與人間，當真只有貓女一人。

「好厲害的高手，不過，還是請妳走吧。」木箱底下，發出重重嘆氣，同時一股力量往上推。

力量竟然震得貓女腳底發麻，貓女訝異，「木箱底下的人啊，你的力量，明明不在這右將軍之下？為什麼還甘願屈居囚車之中？！」

「因為，」男人苦笑，「一個諾言。」

「諾言？」

「朋友，這次是無法救我了，請回去和我義弟說。」男人語氣中是驕傲也是惆悵。「我在這裡等你，在等到你之前，我不會死。」

「你義弟是？」

「妳不識我義弟？」男人的聲音中有著無比的訝異。

「不識。」

「呵呵，原來妳不是他找來的刺客啊。」男人笑了，「我的義弟，他姓張，單名一個丰字。」

貓女離開的時候，忍不住回頭多看了幾眼。

除了右將軍外，還有執起武器亂射的蒙古士兵，還有那個關著神秘好手的大木箱。

那木箱中，究竟關著一個什麼樣的人呢？

而且，他義弟的名字，竟然和少年Ｈ本名幾乎雷同。

難怪貓女感到心跳加速，是不是當她找到了這義弟，就等於找到了少年Ｈ？

只是，如果這裡是少年Ｈ的夙願之地，那究竟發生了什麼事？讓少年Ｈ為了一償夙願而加入了獵鬼小組？

這故事，接下來究竟會怎麼進行下去呢？

《外傳》第二章 小廟奇戰

同一時間，黑暗中，原本空無一物的破屋中，突然閃過一絲冷光。

原本的空間，竟然就在這冷光過後，凹陷了進去。

這凹陷，竟和貓女突然從空中出現一模一樣。

凹陷的邊緣，冒出了一隻手，手抓住邊緣一用力，整個人從凹陷中出現。

矮，肥，醜，格子襯衫，塞進臃腫的褲子裡面，他，是一個痴肥的中年男子，卻也是一個危險的中年男子。

「聽說，貓女就是到了這個時空啊。」男子用衣袖抹去鼻涕，嘿嘿冷笑。「對吧？呂布戰甲。」

而凹陷之中，又出現了一隻手。

只是這隻手被包覆在紅色的層層盔甲中，完全看不到肉體的部分。

呂布戰甲也來了。

曾經擊敗貓女，耗去貓女一命的呂布戰甲，也來了？！

「貓女她絕對想不到，能操縱時空的大魔神可不只一個，」中年男子抬起頭，眼神陰冷。「濕婆也是足以貫穿時空的怪物啊。」

呂布戰甲高大的身軀，此刻已經完全從凹陷中出現。

血紅色的盔甲，不知道是戰神呂布在戰場上用多少敵人的血，所澆鑄而成的。

「不過這也表示，濕婆真的很看重少年H，嘖嘖，以濕婆的力量何必怕一個中國小道士？」男人聳肩，「不懂啊不懂。」

此刻，呂布戰甲已經站定。

盔甲中一雙紅色的眼睛，閃爍著濃濃的殺氣。

「對了。」中年男子說到這裡，突然聲音提高。「那個破廟中的傢伙，你很倒楣，看到了我們的出現……」

中年男子嘿嘿的笑著。

「你，非死不可囉。」

瞬間，呂布戰甲動了。

紅色，巨大的紅色，撲向小廟的一角。

拳頭落下，像是破磚瓦與塵土原子彈般炸開。

別說一個人了，一隻獅子都被這拳打成肉漿了。

「一到這時代就殺人見紅。」男子笑得開心，轉身就要離開這間破廟。「真是好兆頭。」

可是，縱使男子大步離開破廟。

這尊如戰神般的呂布戰甲，卻動也不動。

它並不想離開這間破廟，原因很簡單。

因為它還可以感覺到生人之氣，還是一個高手的氣息。

那一拳，那石破天驚的一拳，竟然沒殺掉那個躲藏的人？

「呂布戰甲？」中年男子皺眉。

呂布戰甲紅眼忽然快速閃動，然後仰頭，破廟的天花板上，一個笑容輕鬆展開，出現在一個倒吊的少年臉上。

「嘎……」呂布戰甲直覺一動，右手伸出，就要掏出一直背在背後的方天畫戟。

眼前這人，夠格，動用方天畫戟！

可是，那少年卻已經快一步，雙手蘊含強大推力，從上而下，狠狠地撲向了呂布戰甲。

方天畫戟沒能來得及抽出，強大的雙掌壓力已經泰山壓頂。

呂布戰甲落於劣勢，盔甲本身咯咯震動哀號，雙腳陷落地面，地面被壓出一個三公尺的大圓。

「厲害。這時代臥虎藏龍啊。」中年男子看見呂布戰甲居於弱勢，卻選擇袖手旁觀。

「可惜你的對手，是你祖宗時代三國裡，最頂尖高手呂布的戰甲啊。」

呂布戰甲，斬斷情感，只留下可怕戰技與戰意的魔物，突然雙手握拳，然後猛力往地上轟去。

地面碎裂，而強大無比的反震力，讓呂布戰甲被壓抑的身軀，得到一瞬間反擊的機會。

這是險招，極險之招，因為呂布戰甲為求脫困，在這一剎那，自己必須承受「少年掌力」與「地面拳頭的反震力」，等於兩倍以上的壓力在自身。

一般的高手，在這一秒，早就被上下兩壓力給碾成了肉醬。

只可惜，「一般」這兩個字，永遠無法用在呂布身上，他是戰神，飲盡孤單的戰神。

此刻，呂布得到了短暫的自由，方天畫戟鏘然抽出，銳利銀光，破了這少年雙掌凝聚而成的強大壓力。

少年收掌，急退。

呂布戰甲趁勝追擊，方天畫戟步步進逼，銀光橫飛，奏起狂猛的反擊節奏。

節奏中，少年咬牙，雙掌凌亂紛飛，在銳利的槍影中，以肉掌氣勁抵住這波猛烈攻勢。

只是，他無法控制得退。

退，退，退……在戰神呂布面前，只要一失去了氣勢，就再也沒有機會挽回。

少年退得倉皇，退得兵荒馬亂，退得驚心動魄！

終於，方天畫戟槍影停了。

呂布戰甲俐落的收起方天畫戟，插在背後，轉身就走，離開了破廟。

而中年男子一愣，急忙踏出廟門，追了出去。

然後，轟隆一聲，廟整個塌陷。

如此破廟，怎麼承受得住呂布方天畫戟如此傾全力的攻擊？

「那傢伙，逃了啊。」中年男子蹲下，手指在地上沾了一抹豔紅。「但是似乎受傷了。」

呂布戰甲沒有說話，因為它竟然發現，自己的右手盔甲，出現了一條裂縫。

裂縫蔓延且生長，最後帶著整個鋼甲紛飛，竟整個碎開。

是剛才那神祕偷襲者的傑作嗎？雖然呂布戰甲擊傷了他，卻也付出了手臂盔甲的代價。

呂布戰甲沒有因此而憤怒，反而眼睛瞇起，如同一眉彎月般笑了。

這是期待，與興奮。

興奮，來到一個高手的時代。

南宋。

一個中國史上文化最燦爛，卻最受外族壓迫的矛盾年代。

這少年是誰？

他拼命的跑著，他知道，自己只要跑回夥伴的身邊，就安全了。

原本他只是躲在小廟中，要偵查囚車行經的路線，萬萬沒料到遇到如此強悍而且詭譎的對手。

「這兩個傢伙，究竟是打哪來的啊？」少年喘著氣，躺在一棵樹下，一手壓住自己的腹部，血絲慢慢從他的掌間滲出。「突然殺出的兩個人，會不會對計畫產生影響？」

「竟然連我這招土靈壓頂都可以破解？這兩人到底是哪來的高手啊？」少年閉上眼睛。

只是，當少年眼睛閉上的時候，一個身影，已經悄然的出現在他的面前。

「你是誰？」來者語音柔嫩，是個女音。

「呵呵，沒人這麼沒禮貌的吧，隨便在路上看到一個人，就問你是誰？」少年苦笑，眼睛依舊閉著。

「你不睜開眼睛？不怕我殺你？」

「妳沒有殺氣。」少年眼睛依舊閉著，「更何況，妳能無聲無息的來到我面前，如果妳要殺我，我有沒有睜開眼睛，好像也沒有差吧？」

「呵呵，我知道你是誰了。」那女人的聲音正在慢慢下降，她蹲下了，蹲在與少年同高的地方。

「喔？」

「你是張手。」

「哈哈。」少年笑，「何以見得？」

「因為，你說話的那調調，跟幾百年後的你，一模一樣啊。」少女的聲音，除了興奮，還有一點細細的惆悵。

「幾百年？」少年訝異，無法控制的睜開了眼睛，而更讓他訝異的還在後面，那就是他眼中看到的事物。

一條黑色，柔軟，又輕靈的貓尾巴，滑過了他的視線。

少年感到自己的心跳正微微加速，開口，說出一個自己極少問的問題。

「那妳是誰？」

「我是從地獄來找你的人……」女孩輕輕甩開一頭黑髮，迷人的笑。「貓女！」

「所以，妳是從『地獄』來討命的？」少年笑，「我不記得自己小時候曾經欺侮過貓，讓牠千里迢迢從地獄回來？」

「不。」貓女蹲下，黑色長尾巴微微扭動。「我的地獄，才不像你所說的那個地獄那麼好過日子哩。」

「要去地獄，我沒有很介意，只是妳得等我把一件事做完。」

「喔？」

「一份諾言。」

「諾言……」貓女側著頭，木箱中那個男人好像也說過相似的話。

「不完成這諾言，我肯定會帶著這份夙願進入地獄的。」

「夙願啊。」貓女雙手拖住下巴，直直的看著眼前的少年三手，久久不言語。

「幹嘛一直這樣看著我？」

「就是這個了！」貓女歪著頭，眼睛瞇起，笑得好開心。

「啊？」

「蚩尤說過，遺憾之地，夙願之夢，我得幫助你完成這件事。」貓女的語氣堅定。「因為這正是帶你離開，唯一的辦法。」

夜很涼。

對此刻初春來說，是微微帶著寒意的那種涼。

尤其是此地已經跨過長江北端，直逼向黃河流域。

囚車的輪子卡卡的撞擊著地面，木箱隨之搖晃，裡面的人，閉著眼睛，彷彿絲毫不受囚車顛簸的影響。

忽然，輪子停住，木箱角落的一塊小木板被拉起，一碗上頭堆著幾塊肉，幾片菜的飯，被推了進來。

「吃飯了。」一個粗豪的聲音說。

「嗯。」木箱中的男子，接過飯。「謝謝，右將軍。」

「我給你吃好的，是因為敬佩你這份冷靜和功力，可別謝我。」右將軍手裡也端著一大碗飯，坐在木箱邊，吃了起來。

「右將軍，你雖然屈居在左元帥之下，但我覺得你深藏不露，將來是個人物。」

「哈哈。」右將軍扒了一口飯。「也許有天我們終將對戰沙場，但至少此刻，我想交你這個朋友。」

「呵呵，吃了幾口飯之後，木箱中的男子開口了。「天氣越來越涼，要過黃河了吧？」

「這兩天吧。」右將軍回答。

「所以，『大都』也快到了吧。」

「是啊。」

「到大都之後，你們就會動手行刑了吧。」

「嗯。」右將軍點頭。

「呼。」男人閉上了眼睛，重重吐出一口氣。「所以，時間快到了嗎？」

「什麼時間？」

「沒事。」男人搖頭。「只是一份承諾而已。」

「嘿，」右將軍放下了碗，一抹嘴巴，站了起來。「出發了！我們得快點，不然等到左元帥來了，大家日子都不好過了。」

左元帥。

聽到這名字，男人的眼神閃爍了一下，隨即又沉緩了下來。

涼涼的風，從木箱縫隙中細細鑽入，而男人則是想起了十餘年前的那一天。

他碰到那個沒有半點血緣，卻願意賭上生命的弟弟。

夜色裡，離黃河最近的一家客棧中，一碗湯正冒出淡淡白煙。

少年醒了過來。

他看了看桌上那碗還冒煙的熱湯，又看看一片漆黑的四周，他只覺得一陣奇異感覺。

樹林中，他所遇到的那有著貓尾巴的女孩，是真的嗎？

如果不是真的，又是誰把自己送到了客棧之中？而那讓他內心產生淺淺漣漪的溫柔目光，又是怎麼回事？

少年又躺回床上，把雙手枕在腦後，看著客棧中粗陋古樸的天花板樑柱。

「她說她叫做什麼名字呢？」少年喃喃自語。「好像是貓女嗎？真是好奇怪的名字啊。」

想著想著，由於腹部受傷的關係，少年又再度感到一陣睏意，而他的眼角餘光似乎又瞄到了那抹貓尾巴的影子。

這名為貓女的女孩，很強吧。

腳步輕巧無聲，動作快如閃電，眼神銳利，她除了一身纖細的身軀外，具備了所有頂極強者的特質。

只是，她太神祕了。少年想到此處，嘴角忍不住揚起一絲笑容。

神祕，所以動人嗎？

這次，少年再度閉上了眼睛，想到貓女就在身邊，他很快的就響起深沉的鼾聲。

而這次，少年的夢，卻不再是貓女。

是他的哥哥，那個沒有半點血緣，卻願意賭上生命的義兄。

角落。

貓女的確在少年的附近，她坐在這間客棧的屋頂，片片磚瓦之上，是她最愛的位子。

月光很美，空氣很涼，這就是古老中國南宋時代的夜風嗎？

少了埃及沙漠的炙熱浩瀚，多了一份令人懷念的濕氣。

不過，貓女閉上眼睛，她的心頭浮起另一份擔憂。

擔憂的是少年腹部的傷口。

那是長槍穿刺的傷口，形狀奇異的類似半個十字架，而且持槍者功力好厲害，傷口瞬間刺入，卻帶出如同火灼般巨大的傷口。

這樣奇異的傷口，如此厲害的武術，貓女只在一個人手中看過。

那個人，甚至在地獄遊戲中，讓九命貓女掉了一條命。

「呼，他也來了啊。」貓女歪著頭，烏溜溜的黑髮在月光下卻美如一匹銀緞。「呂布戰甲！」

呂布戰甲。

地獄遊戲中尚未結束的戰鬥，如今又再度在南宋上演，這次的賭注則更大了，賭的是少年H的復活與否。

「所有的人，都是追著少年H的夙願而來，一定會被少年H吸引，然後聚在一起的。」貓女嘟起嘴，喃喃抱怨著。「真討厭，事情又稍微難一點點囉。」

《外傳》第三章　一碗水與一把劍

少年的夢，是關於十年前的一個夏天。

北方，黃河沿岸，蒙古和南宋的戰爭正悄悄醞釀。

人民如同潮水，往自認為安全的窪地流動，可是，往往窪地才是最危險的地方。

因為所有的掠食者都等在那裡，張著嘴，等待食物無可抗拒的一一墜落。

那是一個亂世，殺戮不算什麼，生命不算什麼，悲涼不算什麼，只有一個東西是重要的。

那就是千萬年來人類有意識以來，所追求的極致美好，那就是「幸福」。

家人的問候，朋友的義氣，情人的守護，饑餓時候的一碗飯，口乾舌燥時候的一杯水，都是幸福。

只是在亂世中，幸福難求，幸福需要另一個東西的保護。

那東西，就是強。

於是，追求強的人變多了。

還包括，這兩個少年，一個叫做文祥的少年，另一個，則是叫做張手的少年。

「這裡有一碗水。」

老者的手，把手上一只裝滿水的破碗，放在地上。

地上，是一條土地乾涸龜裂的痕跡。

順著這條痕跡，又接到了另外一條乾涸的龜裂。

龜裂往外延伸，不斷接到新的龜裂，最後，放眼望去，這片大地，沒有半株草，沒有半滴水，只有一大片如同蜘蛛網般裂開的旱地。

「三年兵災，三年大旱。」老者衣著簡陋卻保持乾淨，奇特的是，他背上那把精緻雕工長劍，與他的服飾完全不合。「民，不聊生啊。」

老者的面前，有兩個乾瘦的少年。

兩個少年，一個面貌粗獷，兩道英眉，鼻樑高挺，透露他剛毅堅強的個性。

一個五官俊秀，眼神溫和，似乎也暗示著他善良溫柔的本性。

不過兩少年有個相同的特徵，就是經乾到迸血的嘴唇，他們的眼睛直直的勾著那碗水。

一碗只要喝下去，就能重獲新生的甘露。

「這裡只有一碗水。」老者把背上的劍解下，放在乾涸的地面。「還有一把劍。你們可以擇其一。」

「選劍者而棄水者，將會終其一生承受『渴』的痛苦，渴望更強，渴望戰鬥，咀嚼孤獨，而且就像你們現在乾渴的狀況，但一個不小心，就會死。」

「選水者而棄劍者，你不適合走上劍者之路，因為這條路的辛苦，你無法承受。」

老者的眼神注視著兩名少年。

「我這裡有一碗水、一把劍，你們怎麼選擇？」

怎麼選擇？

兩少年都沒有動。

劍，或救命的水嗎？

這兩個少年，在一個月前相遇，他們同樣懷抱著巨大的理想，踏上找尋夢想的道路，不過時運不濟，剛好碰到了三年大饑荒與戰亂。

流竄的士兵和饑餓到幾乎人吃人的可怕情境，他們兩人一起熬了過來，也培養了近乎常人的堅強友誼。

不過，就在他們燈盡油枯，要捨棄生命的時刻，遇到了眼前這個帶劍的老者。

而且，老者卻出了一個難題給他們。

在他們最渴最痛苦的時候，給了他們一碗水，以及一把劍。

「未來的某天，你們肯定會遇到相同的考驗。」老者的眼神，既殘忍又慈悲。「我只收一個徒弟，你們誰要水？誰要劍？」

誰要水？誰要劍？

「你們慢慢想吧。」老者撐起身子，轉身而走。「我在一里外的大石頭上，等到晚上亥時，選劍的人，帶著你的劍來找我吧，我會教你，足以稱霸整個亂世的武術。」

兩少年還是沒動。

老者走了兩步，突然停下腳步，意味深長的看了兩少年一眼，說了一句話。

「要想清楚啊，因為劍，可是會殺人的啊，甚至包括你旁邊那個人。」

聽到老者這樣說，兩少年身體都是一震。

這句話是不是說，只要拿了劍，殺了對方，就連水都是自己的了？

好可怕的決定，好可怕的老者。

亂世，這就是亂世啊。

很渴。

五官溫柔的少年，覺得身體好渴，渴到五臟六腑幾乎要枯竭。

只要端起水，咕嚕咕嚕喝下去，一切痛苦就會結束。

他是棄嬰，將他撫養長大的是一名老僧，根據老僧說法，當時的他躺在一只木板上，隨著河面搖晃而來，如此顛簸的水面，他不但沒有翻覆而葬身魚腹，反而嘻嘻哈哈的隨水搖擺。

「這孩子，很像水。」僧人抱起嬰兒時期的張手，「無形無體，能穿過山林萬物，能點滴穿石，這孩子，像水一樣。」

於是，老僧開始用他有限的食物，在一座破廟中，撫養這名小小的流浪客。

而張手最愛的一幅畫面，就是與老僧一老一小的背影，坐在河邊的大石頭上，望著遠處的夕陽，安靜的坐著。

而當這小小的背影越來越高壯，大大的老僧背影則越來越枯萎，天下大亂的戰火，終於波及到了這座寺廟。

流竄的民盜，用刀架住了老僧，要他交出寺廟中的「所有財物」。

雖然，那「所有」不過是幾日的糧食，以及幾件堪稱可以禦寒的破僧衣。

民盜不滿足，於是，抓住了張手，威脅老僧。

張手張嘴哭著，而民盜的刀，則毫不留情的舉起，對著張手的手臂削下。

亂世，使人失去了看清真實事物的能力，扭曲了人滿足慾望的方法，民盜認為，只要砍下張手的手臂，老僧就能拿出更多更多的東西。

可惜，民盜錯了。

因為，當他刀落下，砍中的，卻是撲過來的老僧。

刀拔起，鮮血隨之湧出。

民盜愕然之際，老僧摸著張手的頭，瞇著眼睛微笑，一如往常。

「要相信人喔。」老僧苦笑，「人性本善，他會殺人，只是因為亂世，亂世迷亂了他的本性。」

民盜倖然而走，遺留下氣息奄奄的老僧和幼小的張手。

張手低著頭，眼淚不斷滴下，他想起了夕陽河邊，一老一小最愛的時光，坐在大石頭上，數著水波紋，老僧總是告訴他很多小故事，很多是佛書記載的，更多的，則是老僧隨意的小感想。

那寧靜的時光啊，如今，老僧卻只剩下一口氣，不知道何時已經斑白的鬍鬚，被點點的鮮血給染紅，連呼吸都感到勉強。

「小手。」老僧的眼神依舊慈祥，與純真。「老爺爺要走囉，以後就你一個人過生活了，可以嗎？」

「不要不要！」張手不斷哭著，伏在老僧的胸口，不斷哭著。「我要替您報仇，我去找那個強盜，叫他把命交出來，我會……」

「不可以喔。」老僧的眼神，此刻出現焦急。「你要相信人，是因為亂世啊。」

「可是……」

「要相信人，答應我……」老僧的呼吸越來越急促，任誰都看得出來，他只剩下最後幾口氣了。

「嗯。」

「要相信人，我知道，你是好孩子，一直都是……像水一樣溫柔的孩子，像河流一樣灌溉著土壤的好孩子……」老僧最後幾句，已經模糊不清，終於，眼睛一閉，如同沉睡般的死去。

而伏在老僧懷中不斷哭泣的張手，也不知道自己哭了多久，直到他哭聲停了。

佔據在他腦海中，剩下一個清楚而鮮明的念頭。

強，他要變強。

在亂世中，唯有變強，才能保護重要的人。

他是水，幾滴的水也許只能滋潤土壤，而洶湧的大水，卻是銳不可當的天地殺手。

於是，張手踏上了旅途。

一直到此刻，張手遇到了一個叫做文祥的夥伴，卻同時也遇到生命中另外一個抉擇。

一碗水?或是一把劍?

那個面容剛毅的男孩，腦海中燃起來的情感，叫做憤怒與絕望。

一碗水？一把劍？

他來自大中國南方的富裕人家，從小就過慣有錢生活的他，不但沒有因此染上虛華懦弱的習性，反而剛強如山，比其他小孩擁有更壯碩的體格，以及更硬的脾氣，人家說，他像金石。

一塊百磨不穿，又光滑燦爛的巨大金石。

嚴峻，剛節，卻也令人欽佩。

而他離開家，則是因為闖了一件大禍。

當地縣府大官的兒子強搶民女，被他撞見，他強制介入，更用拳頭狠狠地教訓了這大官兒子一頓。

豈知，這大官兒子如此不耐打，竟被他活活打死。

雖然文祥家境富裕，卻也比不上大官的權大勢大，大官逼著文家要把這闖禍的小孩交出來，而文家知道終究無法抵抗，正決定將文祥交出去送死之際。

文祥的媽，卻趁夜拿了一個包袱，塞在文祥懷中，要他逃。

逃入山中，就沒事了。

那些官差平時狐假虎威，進入山中，論體力論戰術，誰能奈文祥何？

文祥拎了包袱，向娘親拜了三拜後，毅然離開。

只是當時文祥年紀實在太小，殊不知他這一走，替文家帶來的，將會是多麼巨大的災難，而文祥的娘，又將面臨多可怕的處境。

文祥沒想太多，直到他躲入山中的第五個晚上，他從懸崖看見了自己老家的大房子，陷入一大片火海中。

爺爺，奶奶，爸爸，弟弟，妹妹……一個接著一個，被綁成一串，捉走了。

媽媽呢？

那個把包袱塞在文祥懷中，諄諄關懷的母親呢？

文祥看到了，在那串人群的最後方。

那一瞬間，文祥驚愕，驚愕到甚至寧願他沒有看到這一幕。

母親，死了，身上赤裸，沒有半片可以稱作衣衫的布片。

在禮俗嚴明的南方中原，沒有衣衫蔽體代表的是什麼意思，連還是少年的文祥都知道。

文祥瘋狂轉身，逃入了山中，開始狂奔，彷彿要逃離母親死亡時絕望眼神的狂奔，他雙腳穿過荊棘叢林，身體撞開重重銳利樹枝，身上沾滿了自己被刮傷的鮮血。

他越跑，腦海一個聲音也越清晰。

強！我要變強！

只有強，才能在亂世中展現力量，只有強，才能復仇。

於是，文祥來到了這裡，遇到與自己年紀相仿，小自己幾歲的少年張手。

可是，萬萬沒料到，他卻遇到了另一項抉擇。

一碗水，或是一把劍。

亥時即將來臨。此刻的天空，暗到連月娘都不肯露臉。

兩個少年，還在沉默。

終於，疲憊與口渴，讓他們有了動作。

先伸手的，是文祥，帶著山的霸氣與剛硬，他的手錯過了水，而伸向了那把劍。

「抱歉。」文祥的手握住了劍。眼神哀傷。「我要劍。」

「嗯。」張手眼睛閉著。

「而且，抱歉，我也要水。」文祥看著張手，眼神剛毅而霸氣。「因為，我有非活下去的理由。」

「嗯。」張手看著文祥，卻發現在這片深沉的夜色中，張手的眼神如此清澈。

和破廟老僧一模一樣，不帶半點怨懟這亂世的眼神。

「也許，我們還有機會。」張手的聲音，在黑暗中響起。「一起，活下去。」

《外傳》第四章　一碗水與一把劍　之二

亥時，遠處的大石上——

老者正盤腿坐著，他等待著那兩位少年。

他也是誕生於亂世，也在亂世中苦修一份能橫掃千軍的武術，年輕時候的他盛氣凌人，加入軍旅，試圖以他的武術創造一番功業。

只是他在軍旅滾了數年，他才發現，原來他們對南方那些玩弄權勢的老臣來說，這些人命都只是棋子。

數百數千顆棋子的生死，往往在一份密謀、一杯熱茶中，就這樣莫名其妙的被交易出去。

老者永遠記得最後一場戰役，他的劍不知道沾了多少血，他看著周圍的同僚一個一個倒下，從白晝戰到夜晚，再從夜晚戰到拂曉。

直到他發現，戰場上，一大片清冷明媚的晨光中，竟然已經沒有半個人站著了。

屍體，全部都是屍體。

折斷的南宋旗幟，彎曲的蒙古旗幟，躺在地上哀號的戰馬，碎成一地的戰甲，被折斷的長劍。

人間煉獄，莫過於此啊。

直到，他忽然看見了這片屍體中，竟然有個東西在動。

是野獸嗎？太多人的屍體，引來食人的畜生嗎？

不，不是野獸，一聲尖銳娃娃哭聲，竟從屍體堆中響徹雲霄，如此洪亮，如此震撼人心，如此……讓人感到淒涼。

鏘——

老者的劍落下了，始終握著，穿過上百個咽喉的劍，脫手了。

老者巍巍顫顫，走到了那堆屍體中，雙手在屍體間猛掏，終於，他看見了哭聲的來源。

一個嬰兒，滿是污血，正努力嚎哭著。

「你是怎麼出現在戰場的？又怎麼活下來的？」年輕時候的老者，眼神中盡是詫異與困惑。

身兼武術與道術的老者，背脊一片冰涼，「戰場屍首中誕生的嬰兒，命格奇異，將來到底會變成什麼？連我都不知道了。」

於是，老者捨棄了劍，抱起嬰兒，走過千萬具屍體，走向了逐漸明亮的魚肚晨曦中。

而那嬰兒，更在十幾年後，超越了老者的能力。

甚至，成為了蒙古罕見的漢人大將。

不過，這又是另外一個故事了。

回憶，總是讓時間過得特別快。

亥時，已經過去一半了。

老者的眼前，終於出現了第一個人影，從荒野的黑暗中，慢慢的浮了出來。

那是手握長劍的少年，文祥。

老者點頭，果然不出預料之外啊，這個名為文祥的少年眼神很剛硬，更隱藏著復仇的怒火，如此的人，正是會出手奪劍的典型。

操劍者，正要如此霸氣。

也因為如此，劍才會變成天下第一的，凶兵。

「你殺了另外一個少年嗎？」老者端坐在石頭上，冷冷問道。

「嗯。」文祥垂首。

「很好，操劍者，正要如此義無反顧的霸氣，而我那從戰場上誕生的嬰孩，更是其中的極致……」老者慢慢起身，「我收了這麼多徒弟，一直等待有人能和那嬰兒一戰，也許你是個機會！」

「是嗎？」

老者靠近文祥，忽然發現，有些不對勁。

因為夜色中，文祥的臉，竟然掛了一絲莫測的笑。

這笑，究竟是代表什麼意思？

同時，老者的目光中，發現文祥手上的劍，原來根本不是劍。

那是劍鞘，空的劍鞘。

「劍呢？」老者眼神瞬間銳利，狂浪般的殺氣，從眼中湧出。「劍呢！？」

這股來自高手的殺氣，無形無質，卻震得文祥往後一跌。

可是，老者的脖子，也同時感受到一股來自金屬的冰冷，那是劍的殺人溫度。

劍，已經抵在老者的脖子上了。

「抱歉。」握劍的人，正是張手。

「哼。」

「給我們水。」張手手上的劍，輕輕壓迫了老者的脖子，一滴血，緩緩滲到了劍鋒之上。

這劍，看起來如此饑渴。

「所以，你們兩個合作？」老者無懼脖子上的那劍。「一個用劍鞘引我注意，另一個偷襲？是要我全部的水？」

「沒錯。」張手咬牙，從未殺過人的他，強烈感覺到手上的劍，怎麼變得這麼重，又變得……這麼輕？

彷彿一股殺人的慾望，就要從劍內部奔騰而出。

「呵呵。」老者笑了起來，越笑越大聲。「哈哈，呵呵呵呵，哈哈哈。」

「有……有什麼好笑？」

「我在這裡遇到這麼多孩子，有的懦弱選了水，然後逃走，有的拿了劍，卻承受不住渴而自我毀滅，有的殘忍，奪了劍又搶了水，這些孩子長大後都不是『那個人』的對手，你們兩個，是我第一次遇到。」老者還在笑，晃動的脖子，在尖銳的劍鋒下，又引出了一滴血。

「第一次啊！竟然兩個聯手，想要擊敗我？」老者的手一翻，握住了劍鋒。

張手訝異，手上的劍被老者握在手心，竟像是被鐵熔鑄，怎麼樣也動彈不得。

「也許，」老者輕輕一奪，就把長劍奪回到手心。「你們可以……」

「可以擊敗那傢伙，那個從戰場上誕生的嬰兒，那個學會了我所有的法術與武術，成為蒙古邪將的混蛋傢伙！」老者還在笑，可是笑聲中卻充滿了悲憤。「那個叫做左元帥的，孽徒啊！」

左元帥。

張手與文祥兩人互看了一眼，當時的他們，內心湧起一股難以形容的預感。

這個左元帥，將會成為他們生命中，最強，也是最可怕的勁敵。

《外傳》第五章　一碗水與一把劍　之三

月夜。貓女正盤腿坐在磚瓦之上，看著天空那輪圓月。

直到她聽到了屋子裡頭有動靜，是重傷沉睡張手的哀號？貓女身體一溜下屋頂，瞬間來到了張手的房間內。

她發現，張手正滿身大汗，從床上驚坐而起。

「做惡夢了？」貓女眼睛瞇起，輕柔的問。

「惡夢嗎？好像是，又好像不是。」張手微笑，這是少年H獨有的笑容，只是少了老練與那份深不見底的內涵，但其中的溫柔卻沒有絲毫改變。

「喔？」

「我夢見了自己最好的結拜師兄，還有我師父。」張手起身，他發現自己的腹部傷口已經癒合。

「嗯，師兄？你是說，那個在囚車裡面的男子嗎？」貓女問。

「咦？你怎麼知道？」張手說，「難道你見過他？」

「嘻嘻，不算見過，只聽過他的聲音啦，畢竟他被關在車子裡啊。」

「他是我師兄，叫做文祥，這次不管如何，我都要劫囚車，在這台囚車抵達大都之前⋯

……」張手看著貓女。「奇怪，我、我見過妳嗎？」

「嗯？」貓女微笑，「大概沒有吧。」

「那為什麼我對妳有份似曾相識的感覺？好像，也是一個充滿了火焰與戰鬥的地方。」

「火焰與戰鬥？你是說地獄列車嗎？」貓女自言自語。「你從地獄遊戲進到這自己的夢境中，竟然還帶著與我的記憶啊。」

「什麼？我聽不懂？」

「沒、沒事。」貓女笑了，卻發現自己的眼眶有點濕潤。按照蚩尤的說法，少年H不該記得地獄遊戲中的一切。

但，少年H就算忘記了艱困的地獄遊戲，卻還記得與貓女第一次相遇場景的微小片段。光這份感覺，就讓貓女有種說不出來的感動了。

「呵呵，我猜妳不是這個時代的人吧，也許是大海那頭過來的人，妳想聽故事嗎？」張手說。

「嗯，想。」貓女的雙手托住下巴，微笑。

「我要講的是，我和我師兄的故事，我和他……」

當張手講完了他與文祥未完故事的後半段，天色已經亮了。

兩少年不懼命運，文祥先以劍鞘引老者入甕，然後張手再從背後拾劍偷襲，只可惜老者畢竟是經過千刀萬劍戰場，嚐過人生悲痛狂潮的高手。

他功力稍展，就奪下了張手的劍。

局勢，急轉直下。

張手劍被奪，可是沒有絲毫放棄，雙手一抓，就要搶奪老者繫在腰際的水壺。

老者一笑，腳尖晃動，張手已經被踢得在空中轉了半圈，遠遠的彈開了。

只是張手摔落後，卻又爬起，擦去口角血跡。

「給我水。」

「你有體力與我戰？所以，那碗水是你喝的？」老者微笑搖頭。「既然如此，你何必還要水？」

「我要水。」張手大吼，雙手握成拳，撲擊老者。

「你是為了另一個拿劍鞘的少年嗎？」老者眼角瞄向石頭另外一頭的文祥，少了水和劍的文祥，此刻已經沒有體力，只能委靡的坐在地上，眼睜睜看著張手努力爭取最後一絲希望。

很奇妙的是，曾經人間慘劇的文祥，卻相信張手。

就算張手沒有替自己奪到水，他也絕對不會放棄自己。

就像，那把包袱塞在自己懷中，諄諄告誡的母親。
那樣的眼神，太慈悲，慈悲到令人不忍回想。
「給我水。」張手的攻擊越來越猛烈，左拳逼近老者面前，忽然轉成爪子，掏向老者雙眼。
只是，對老者來說，這些仍是花拳繡腿。
重擊之後，張手再一次往後飛去，重重的落在地上，濺了滿嘴的鮮血。
張手，卻還是站了起來。
「給，我水！」張手怒吼。
「還不放棄？」老者皺眉，就算是真正殺戮戰場上，也少見這樣強悍的戰意啊。
只見張手用力跑了起來，而且忽然頭一低，頭下腳上，雙手撐住地面，然後雙腳像是兩把銳利斧頭，砍向老者的臉。
這一下，完全不按牌理出牌，超乎了所有人意料之外。
「就憑你一雙腳？」老者右手高舉，格開張手猛力的雙腳，忽然，他發現後腰一輕。
張手展現了驚人的彈性和意志力，先用腳攻擊老者的雙手，然後居下的雙手，則趁機摸走了那水壺。
「到手！」張手水壺到手，急忙在地上一滾，就要扔出水壺給文祥。
可惜，水壺才離開張手的手，就被人在半空中給截住了，截的人不是別人，正是老者。

「哎啊，好招，好漂亮的一招。」老者舉著水壺，眼中綻放驚異光芒。「這招不會是你剛剛想出來的吧？」

「哼。」張手站起來，氣餒心情一閃而逝，因為這位老者武功蓋世，的確就像是一堵無法跨過的高牆。

難道，文祥真的會因為給自己機會，而活活渴死嗎？

「難不成，」老者瞇著眼微笑。「你是一個武術天才？一個宅心仁厚的武術天才，真是寶玉啊！」

「給……給我……水！」張手狂吼，撲了過去。

可是老者的手一伸，五指張開，微笑。「很抱歉，既然知道你有天分，我就得稍微認真一點了。」

這五指，陡然往前一震。

這剎那，張手突然發現天地竟被這五指包圍，變得一片漆黑，然後，他就失去了意識。

「那老者用的，好像不是正統的武術啊。」貓女雙手托住下巴，仔細的想著。「怎麼感覺像是巫術之類的東西。」

「沒錯。」躺在病榻前張手點頭，「妳真內行，後來我才知道，那不是武術，那叫做役靈的道術，師父那一手召喚鬼神之術，而五根手指頭齊出，召喚五靈，只不過當時我一點道行都沒有，所以只有昏倒的份。」

「五靈啊。」貓女歪著頭，笑著說。「和我們家的巫術不同，我們召喚天地異象，雖然也會召喚亡靈鬼魂，卻不是主流，中國真是好特別的地方呢。」

「是啊，中國人自古以來尊敬祖先和鬼神，所以這方面的道術特別發達。」張手說，「而且我後來才知道，要同時召喚五靈，是多麼厲害的一件事。」

「喔？所以說，能召喚數目越多的靈，就越厲害？」

「可以這樣說，因為這五靈就是中國歸納天地的五大元素啊，師父還說，若是正常修煉，三年可召喚第一隻靈，五年可召喚第二隻，十年第三隻，之後能不能召喚到第四隻靈，就完全看個人天分了。」

「呵呵，所以你師父召喚了五靈，花了多久啊？」

「師父說他自己已經是同輩中的奇才，卻也花了整整三十四年的時間，到五十歲方有五靈的能力。」張手說，「因為要練這道術，必須要搭配各種道術，包括符咒、結界、修德等等……沒有足夠的能力，靈怎麼會聽命於你？」

「喔。」

「只可惜……」

「喔，可惜……？」

「師父傾全力，釋放出來生平最強的力量，釋放出最強悍的五靈，天空因為這擊而黑暗，地面因為這擊而震動，師父幾乎是想要和對方同歸於盡了，可惜……」張手說到這裡，嘆了一口氣。「師父還是輸了。」

「啊？五靈輸了？」

「因為對方，使用的是……六靈。」

「啊，六靈！竟然還有比你師父更厲害的高手？」

「沒錯。」張手眼睛閉起。「而且這傢伙明明是漢人卻加入蒙古大軍，其目的卻非為了功名利祿，他的目的只有一個字，那就是『殺』！塗炭生靈，殺人如麻，不除他天下難以太平，更令人扼腕的是，他，剛好就是我們的大師兄。」

「大師兄？」

「他就是師父從戰場中撿來的嬰兒，也就是後來成為右將軍的上司兼師父，左元帥。」

星空下，囚車裡。

文祥閉著眼睛，承受著囚車前進時產生的不安定晃動，被囚在如此惡劣的環境，等待著隨時可能降臨的死亡。

支持他的，是超人的毅力，以及那個來自張手的承諾。

文祥的一生，自從娘親與全家為他而死之後，就充滿了悲傷與憤怒，唯一能陪伴他度過這漫長且艱困囚車日子的，是那段與師父和張手一同生活的歲月。

那是一段苦苦修煉的歲月，雖是如此，卻也單純的快樂。

每日，他和張手起床，就是不斷的苦練，師父毫無保留的將自己的全部都教給他們。

從基本的武術，到玄奇的道術，從一蹲就是十小時的馬步，到能凌空抓取樹上飛鳥。

從教訓地痞流氓，到偷竊富豪鄉紳，從在山林中三日求生的戰鬥，到逃出饑餓百犬的奮戰。

他和張手，都熬過來了。

不過，隨著時間過去，文祥開始渴望師父的最終祕術。

役靈術。

因為文祥知道，武術練得再精，面對浪濤似的千軍萬馬，總有精疲力竭的時候，唯一能準確且殺人無形的，就是這師父珍藏的役靈術了。

師父當年以五指喚出五個顏色截然不同的影子，影子在空中飛舞，瞬間破去張手戰意的畫面，仍深深烙印在文祥的心裡。

他知道，這才是他要的，役靈術。

他要用這招，讓屠殺他全家的那大官，一個一個死得離奇，讓他們陷入無邊的恐懼中後，再逼他們和自己的娘親磕頭道歉，最後自殺。

可是，奇怪的是，經過了三年，整整三年，文祥和張手都從當年瘦弱乾枯的少年，變成了精壯黝黑的年輕人了，師父卻還是隻字不提。

不提這役靈術。

為什麼？

文祥曾經找張手討論，不過，張手卻是一派的樂觀。

「師父不教我們，一定有他的理由啦。」張手微笑，隨口咬下剛從樹上摘下來的果子，當然，這是張手凌空取下的。

「我知道，但是，人家說，練功需要體力，人的體力有黃金時期。」文祥皺眉，「師父不肯教我們，如果我們錯過了那個練功的黃金時期怎麼辦？我還想要替我娘報仇呢！」

「嗯。」張手看著文祥，「不然我們一起找師父求求看？」

「嗯。」文祥點頭。

不過，就在兩個少年打好了如意算盤的那個晚上，卻發生了一件特別的事。

訪客，來到了他們居住的深山小屋。

兩個絕對不尋常的訪客。

這兩人是一男一女，年紀約莫六十歲上下，他們很怪，真的很怪。

其中，最怪的一件事，就是他們沒有踏進小屋裡面，而是在小屋的門口，直挺挺的跪著。

什麼都沒說，什麼都沒做，只是跪著。

他們穿著與師父相同的破布衣，身上同樣透露著修道獨特的靈氣。

而師父的反應更是奇特。

他一整日都待在屋內，沒出門，也沒回應外面兩個人長達一天的苦跪。

文祥和張手感受到氣氛的不對勁，也只能安靜的待在屋內，等待師父的號令。

而當日頭從上升到西沉，師父忽然放下了酒杯，重重吐了一口氣。

他開口了。

「文祥，你覺得外面兩個人厲害嗎？」

「啊？」文祥的眼神瞄了門外兩個跪著的男女，輕輕點了點頭。「師父，他們很厲害，身上盡是苦練的痕跡，而且眼神銳利而堅定，這是絕頂高手的眼神。」

「嗯，師父和他們比，如何？」

「咦？」張手聽到師父這樣問，不禁支吾起來。

「但說無妨。」

「這兩人單打獨鬥，都絕對不是師父的對手，但是他們兩個一男一女似乎是夫妻或情侶，恐怕有專門聯手才能發揮的招數。」張手沉吟。「不過，以此刻來講，師父，我認為，他們就算聯手，也不可能打敗您。」

「喔？為什麼？」

「因為，他們都廢了。」

「嗯。」師父點頭，「很銳利的觀察，沒錯，他們都廢了，他們一身超過三十年的靈修，全都給人廢了。」

「既然廢了，又為什麼來找您？」張手問。

「他們找我，去對付那個人。」師父起身，眼睛閉起。「那個廢他們武功的那個人。」

「為什麼找您？個人造業個人擔，他們應該……」

「外面那對男女，事實上，是我的師弟妹。」

「啊。」

「而且能夠在一對二的情況下，還廢掉他們一身靈力的人。」師父苦笑。「我不用猜，也知道是誰……是我那寶貝徒弟，左元帥。」

「所以……」文祥和張手互看一眼，都在對方眼中找到類似的驚駭。

那個師父口中，最遺憾的大師兄，左元帥，竟然如此厲害，擊敗師叔與師姑。

究竟，左元帥已經強到什麼程度了？

亂世當中，強者居之，左元帥更是其中的佼佼者。

「所以，」師父嘆了一口氣。「我親自養出來的孽徒，得親自……清理門戶才行啊。」

這剎那，張手和文祥卻都感受到一股陰沉的不安全感。

說到清理門戶，師父的表情，為什麼是一副壯士斷腕的表情呢？

當天晚上，師父終於走出了門，附耳在他的師弟與師妹說了幾句話。

年紀已經六十以上的師弟與師妹兩人，同時跪下磕頭，留下簡單的四個字：

「謝大師兄。」

然後，師弟與師妹在當晚就離開了這間小屋。

而師父在沉默了整整一個時辰後，找來了文祥和張手。

「你知道，我為什麼遲遲不肯教你們役靈術嗎？」師父端著手上的熱茶，語氣沉重。

「為什麼？」文祥問。

「因為，役靈術是最危險的術，操縱者必須要同時具備足夠駕馭鬼神的力量，以及本性的純良，不然容易被鬼神所惑，最後反而成為靈的食物。」

「嗯。」

「可是，為師的，時間真的不多了。」師父嘆氣。「也只好賭上一賭了。」

「時間不多？」張手忍不住開口問。

「由於我們這一門於你們太太師祖張角以來，曾經以鬼神之力，幹過不少傷天害理的事，而於百年前，你們師祖決定為善來洗滌本門的惡名，所以從我這個大師兄，到其他的六位師兄弟妹，都以濟弱扶傾為己任，暗中扶助宋軍，避免中原百姓遭到蒙古鐵蹄踐踏。」

「嗯。」聽著師父語重心長的話語，兩位少年都只能選擇沉默。

此刻的氣氛，沉默，是一種對師父的尊敬。

「只是，這六個師兄妹，卻都在最近幾年遭到魔掌，原因是，我那該死的大徒弟。你們看到的是老四和老五，他們和左元帥鬥法，被廢去一身靈力，還算是幸運的，至少他們保住了性命。」

「嗯。」

「老三才真是慘，由於他的修為僅次於我，原本是宋軍的軍師，決定暗中對左元帥下手，豈知，他的四靈不敵左元帥六靈，一身元神被破就算了，還被四靈反噬，最後死無全屍。剛剛我那兩個師兄妹還特地和我說……就連老二，在宋軍之中擔任要職的老二，也被人發現死在軍隊營帳中。」

「嗯。」

「周圍一片凌亂，顯然是力戰而死。」師父眼神中盡是悲傷。「老二是我們之中最穩重踏實的，連他都遭到毒手。」

「嗯。」

「所以，事到如今，我不能再逃避自己的責任了。」師父看著自己的手，沉重的嘆了一口氣。「我得在來得及之前，阻止那個該死的孽徒。」

「師父……」文祥和張手同時感受到師父壯士斷腕的決心，不由得同時開口。

「現在教你們役靈術也許太早了點，但是……」師父伸出雙手，摸著文祥和張手的頭，「師父怕，怕自己已經沒有多少時間了。」

「師父……」文祥和張手同時低下頭，眼眶發熱。

師父話中意思，難道已經知道自己此行，將會一去不返嗎？

左元帥，這個師父的大徒弟，難道厲害到連師父都對付不了？

「好，接下來，我要跟你們講役靈術的一切，」師父看著兩個少年，「役靈術，最開始也是最重要的，就是……」

師父從地上，撿起一根毫不起眼的樹枝。

「就是這根樹枝。」

「啊？」

「因為，這樹枝會告訴你們，究竟是是什麼？」

《外傳》第六章 一根樹枝

南宋末，囚車中——

文祥的冥思，因為一個細小的說話聲而打斷。

「地中海，海中地，我輩以蒼生為念。」

文祥一聽，精神一振，隨口接道：「山中湖，湖中山，我心以寰宇為界。」

「裡面可是文祥？」那聲音嬌嫩，是個年輕的女孩，語氣興奮。

「正是，外面也是我道門的？」文祥驚喜，「妳是……」

「是我啊，你忘了嗎？」

「我記得，當然記得，妳是六師叔的小徒弟，小舞。」文祥心跳微微加速，這份加速的主因，他自己比誰都清楚。

因為這個來自六師叔的小師妹。

她比文祥和張手小三歲，她溫柔可人，聰明俐落，是一個讓人忍不住想要疼愛的女孩。

「妳、妳怎麼來了？」文祥急問。「這裡很危險的。」

「會在三更半夜來敲你囚車的門，還有其他原因嗎？」小舞聲音中有著令文祥心動的笑意。「當然，是來找你的啊。」

「可是，這裡很危險……右將軍……」

「放心，我才不是一個人來呢。」小舞笑，「對吧，阿霆，五師伯的三個徒弟，四師伯的兩個徒弟，我們全都來了喔。」

「啊……」

「呵呵，我們常聽到你在大宋朝廷裡面，所做的偉大事蹟，又聽到你被左元帥抓到，每個人都急得跟什麼似的，所以經過張手師兄的連絡，我們全都來了……」

「張手？」文祥聽到這熟悉的名字，心情激動。「他也來了嗎？」

「沒有。」小舞的聲音又低落了下去。「張手師兄原本和我們約好的，但他一天前去囚車路線附近的破廟打探消息，結果就再也沒有回來了。」

「沒有……回來？」文祥一聽，語氣難掩擔憂。

「是的，所以我們決定按照計畫，自己動手了。」

「張手難道遭遇了什麼不測嗎？右將軍的役靈術只有三靈的等級，不該是他的對手，除非是左元帥，可是……左元帥不該在這裡出現啊？」

就在文祥沉思之際，忽然，囚車外面的喊聲大作。

接著傳來小舞興奮焦急的聲音，「文祥師兄，動手了，我們動手了，你等著，馬上救你出去。」

文祥聽著外面激戰的聲音，他聽得出，裡面有右將軍的怒吼，還有他鎖鏈在空中舞動時發出動人心魄的嘶嘶聲。

以及，他那些同輩的師弟妹們，正一一喚出自身役靈的聲音。

「金靈主守，火靈攻。」「木靈小心！」「糟糕了，水靈被鎖鏈破了。」

在這片兵荒馬亂的聲音中，文祥的思緒，卻又不禁回到那個晚上，那個師父出發前的晚上。

那根小小的樹枝。

樹枝，一根小小的樹枝，不到小指寬度的主幹，其中兩兩三根稀疏的分支，分支上有零落的一片枯黃樹葉。

「這樹枝？不是到處都撿得到嗎？」文祥問。

「當然，但是，這就是你役靈術的最基本。」師父面露微笑。

「為什麼？」

「因為，這樹枝可以看出你究竟是什麼人？適合役何種靈？」

「啊？」文祥和張手都同時不解的搖頭。

「張手，你拿著樹枝。」師父說。

張手接過樹枝，他好生迷惑，這樹枝當真沒有一點特殊之處啊。

「然後，」師父把手放在張手的肩膀上。「在我的協助下，你試著喚醒你的靈力。」

「靈力嗎？」張手閉上眼睛，在一片黑暗中，感受來自肩膀師父手掌中心源源不絕的靈力。

張手是細膩的人，他發覺，師父的靈力和以前一樣，強大卻溫暖，只是卻有點藍色，那是遺憾和悲傷嗎？

「張手，專心。」師父的聲音從張手耳中傳來。「這時候不是展現你觀察能力的時候。」

「是。」張手吐了吐舌頭。師父果然高明，感覺得出自己正在觀察師父本身靈力的特質。

張手收斂心神，將引導師父的靈力和自己的力量融合，順著身體各大奇經八脈流轉。流轉著。

張手只感覺到，身體發生某些細微的變化，但是真要說什麼變化，卻又說不上來。

只是，張手的這份感覺，卻被一聲文祥的低呼給打斷。

「啊，樹枝，樹枝變化了！」

「喔？」張手睜開眼睛，果然，樹枝竟然變了。

原本枯乾的樹枝，在此刻，卻慢慢冒出綠色嫩芽，原本只有寥寥的兩根分支，逐漸增加，那唯一的一片樹葉，更從枯黃轉為淡淡翠綠。

「這是怎麼回事?」文祥和張手驚訝得叫了出來。

「張手你在役靈術中，屬於五行的水，因為水生木，故能讓樹枝生長茂密。」師父微笑。「了解自己的五行屬性，之後對於你們選擇靈的種類，有著極大的關連。」

「哇。」文祥迫不及待向前，「那師父我也要試試。」

「來吧。」

文祥接過樹枝，透過和張手相同的方法，果然，樹枝也發生了變化。

只是這次，樹枝發出奇異的嘎嘎聲。

然後，啪的一聲，一根剛剛才生出的小分枝，竟然應聲折斷。

「這是怎麼回事?」文祥和張手的眼睛同時望向師父

「樹枝屬木，什麼東西可以剋木?」師父微笑。「金，以金屬砍折樹枝，故能剋木，文祥啊，你是金屬性。」

「原來……」兩少年都激動的點頭，原來役靈術和小樹枝之間的關連是這樣。「那師父你呢?你是什麼屬性?」

「我啊。」只見師父臉上依然掛著莫測的笑容，接過那根樹枝，「讓你們猜猜吧。」

說完，這小樹枝就發生了變化。

而且，還是極為驚人的巨大變化。

樹枝開始壯大，原本只有小指寬的主幹，此刻迅速膨脹到手臂大小，甚至還在長大，而且樹枝不斷拉長，短短的幾秒鐘，這小樹枝就已經茁壯成一株小樹。

「你們覺得，我是哪一種呢？」師父眼神中有著挑戰。

「木！」兩個少年異口同聲的說。

少年的眼中，有著無比的欣羨，因為師父竟然能讓樹枝改變如此大，表示他的力量確實遠遠超過他們兩個。

「很好，我的本質與這樹枝相同，故我能讓它巨大化，而剩下兩種你們沒看到的性質，一是火，二是土，由於木能剋土，所以屬性是土的人，握住樹枝，並不會發生任何變化，而火呢……火可以說是五大屬性中，破壞力最強的，加上木能助火，故樹枝會瞬間燒毀。」

「哇。」

「五行之中，火最強悍，土最沉默，木通常最直也有神力，金則聰明堅毅，水呢，」師父的眼神看向張手，「你是最少的。」

「啊？」

「水的人數在五行中最少，水的個性溫，但在關鍵時候，總能展現極為強韌的力量。」

「嗯。」張手看著師父，隱約察覺到師父話中帶著某種深意，但，似乎又捉摸不清。

「亂世中，五行火當道，可是，要剋住火，則需要溫柔的水，偏偏水最少。」師父說，「你懂我意思嗎？張手。」

「嗯。」張手似懂非懂的點頭。

「而你，文祥，屬金，金的能力外顯，加上你有著古道熱腸的精神，我相信將來你必成大官，替人民做大事，但要記住，做事要圓融，要有水的精神。金的剛硬性格，可能會替你帶來麻煩。」

「是，師父。」

「亂世之中，火當道。」師父雙手負在背後，望著天空，長長的吐了一口氣。「那個左將軍，就是火。而且我從來沒看過，第一次拿樹枝的人，竟然……竟然讓這根樹枝全部化成粉末焦炭。」

「也許，我真的錯了，以為自己遇到了一塊千古良玉，想要借你的力量，平定這個長達百年的亂世，錯了，火無法滅火，只是讓這把燒得黎民百姓流離失所的火，更加混亂而已啊。」

「錯了，真的錯了啊。」

師父說到這裡，閉上眼睛。

這一剎那，無論是張丰或是文祥，都以為他們看見了，師父眼角邊緣的淚光。

南宋時期，客棧——

正沉沉昏睡的張手整個人坐起，表情驚駭。

「怎麼？」一旁的貓女察覺張手的神情，急忙問道。

「糟糕，我睡幾天了？」

「兩天吧。」

「糟糕糟糕，那現在是什麼時候了？」張手聲音惶急。

「晚上……十一點左右吧。」

「晚上十一點，所以是子時？」張手背上冒出一片冷汗。「糟糕，真是糟糕了。」

「怎麼了？」

張手一掀棉被，就要往外衝。「這個時刻，是我和眾弟兄，約好要去劫囚車的時候啊。」

「啊！」貓女訝異，囚車，就是她剛踏入這個時代，所跳進的那個大木箱嗎？

「那些師兄弟們雖然不怕一般蒙古士兵將領，可是只要遇到幾個右將軍等級的好手，恐怕就有生命之憂啊。」張手急忙穿上鞋，就要開門出去。

「我跟你去。」貓女見狀，情不自禁的喊了出來。

「啊？」張手回頭，「劫車可是很危險，而且是大罪喔。」

「嘻嘻。」貓女輕輕一躍，就像是精靈般躍到了張手的面前。「我看起來像是怕犯罪，又像是怕危險的人嗎？」

「呵呵，好。」張手笑了。「那我們走吧。」

這一剎那，張手也搞不清楚，自己為什麼要這麼爽快的答應貓女的請託。

貓女的來歷如此不明，身負奇異神功卻從未聽聞，這樣的角色會不會是左元帥的內奸呢？張手完全沒有想到。

生性溫柔細膩的他，只是知道，貓女的那個微笑。

迷人且依戀的微笑。

讓他知道，無論天涯海角，無論古今千年，他都不該再放貓女一人。

再也，不該了。

《外傳》第七章　役靈術

囚車內——

文祥摸著木質的囚車柱子，聽著外頭各種靈正激烈戰鬥的聲音，他忍不住又想到了往事。

師父告訴他們何謂役靈術的那個晚上。

「役靈，就像是在下棋。」師父撿了五顆石頭，放在桌子上。「和你對弈的人，就是敵人，同時也是你自己。」

「嗯。」

「靈，就像你自己一樣，也區分為五行屬性，而你自己練靈的時候，就要決定他的五行屬性，懂嗎？」

「嗯。」兩少年點頭。而文祥這時候開口問了。「那我們怎麼知道一開始要決定什麼種類的靈呢？」

「這問題問得好。」師父點頭，眼中閃過一絲激賞。「要看你在棋盤上，屬於善攻或是善守的。」

「嗯。」

「舉我自己為例，我是木屬性。」師父說，「與木相關的三個屬性，分別是火、土，和金。土能助木，木能助火，金卻會剋木。」

「嗯。」

「換言之，如果你的第一個靈，是選火，那你就可以透過自身的木去幫助靈的火，對敵人進行攻擊，而你的攻擊就屬於火，懂嗎？」

「木幫助火靈，而火靈去攻擊敵人，是這個意思嗎？」

「沒錯。」師父又說，「如果你選的是水靈，就是水靈來幫助我本身的木，然後由我來發動木系的攻擊。」

「正確。」

「水靈幫助自身的木力量，然後以木力量去攻擊敵人，是這樣嗎？」文祥說。

「師父，那您剛說的都是攻方，那守方呢？」

「守方則要反過來想，我本身是木，最怕什麼？」

「金能化成斧頭剋木，木最怕金！」

「沒錯。」師父微笑，「所以我如果要抵擋金的攻擊，我該怎麼做？」

文祥率先舉手。「用能夠剋金的靈。」

「正確，那是哪一種靈？」

「我算算……所謂的火能熔金，所以應該選火靈？」

「文祥果然是聰明的金屬性，正確。」師父微笑。「而且五行變化攻防不只如此，因為敵人料到你會練火靈，也許會派出能剋火的水靈，然後再以金靈進行第二波攻擊，換句話說，役靈術表面上是五行的鬥法，事實上比的鬥智與兵法，一如下棋。」

「哇。」文祥和張手面面相覷，他們在對方的表情中，都同時找到了一份訝異，與驚喜。

役靈術代表的是五行的攻防，那不就表示，這術的世界，將是無比的寬闊廣大？

「前三年你只能修煉一隻靈，戰法有限，可是當你提升到四靈、五靈，戰法就千變萬化，與敵人鬥智鬥力又更加精彩了。」

「真是太厲害了。」

「更何況，有時候屬性相加，會因應而生一些特異的招數，這又和每個人自身的天分有關了。」

「特異的招數？」

「沒錯，像是你三師叔，他本身是聰明的金屬性，於是他將自己的能力展現在強化兵器上，只要他握住的武器，木棒也能削鐵如泥，筷子也能穿過牆壁，刺入敵人腦袋，這讓他在執行一些暗殺任務的時候，隨手取得的物品都可殺人。」師父說到這，忍不住頓了頓。「只可惜這招還是被左元帥破了。」

「嗯。」

「像是老四和老五，他們本身力量不強，於是選擇了共同修煉特異之術，老四是沉默屬木的男生，而老五是性烈如火的女生，他們合作練出來的，就是極驚人的絕學，雷電。」

「雷電？」

「以火導木，故生雷電。」師父苦笑，「當時兩兄妹練成這招，加上兩人能操縱三靈和四靈，幾乎天下無敵，除了我之外，無人可敵，怎麼料到他們情侶走遍江湖，誅惡無數，歷經無數戰鬥，最後還是栽在左元帥的手下？」

「這左元帥，究竟是用什麼絕學？」

「不知道。」師父搖頭。「根據我師弟妹的說法，他能操縱五靈，光這份功力就很驚人了，而且更奇異的是，兩位師兄妹是敗了，卻敗得糊裡糊塗，只是一瞬間，戰鬥就結束了。」

「左元帥能操縱五靈？那師父您……」

「我？」師父說到這裡，露出莫測的微笑。「我的天分也許不及左元帥這混帳，但，我畢竟是修煉了五、六十年的老道士了，一戰的能力還是有的。」

「所以……」

「既然決定要出手，無論死活，總要有個代價，我可不是一個會去送死的老頭呢。」師父微笑，右拳緊握。

此刻，張手忽然明白了，他從師父靈力中感受到的那點異狀是什麼了？

是悲傷。

也是驕傲。

看遍人生興衰沒落的悲傷，與在人生最後的時刻，仍能挑戰比自己更強者的，驕傲。

師父，原來也是一個強者。

一個熱愛戰鬥的強者呢。

南宋，囚車內——

文祥忽然睜開眼睛。

沒有聲音了。

為什麼沒有聲音了。

師弟妹們召喚群靈與右將軍和眾蒙古將士的混戰聲音，為什麼在一剎那間，全部停住了？！

為什麼？

應該是絕對的優勢才對啊。

右將軍生性沉默，能操縱三靈，本身該是土系體質，鬼頭刀是他的得意武器。而特異能力是那條將蛇幻化成的鎖鏈。

這樣的右將軍，只要三、四個師兄妹聯手，要對付應該就是綽綽有餘了。

但，為什麼聲音消失了？

囚車外，如同死寂般的寧靜，讓文祥的心跳猛力跳動起來。

尤其是，小舞在外面啊，雖然他知道，小舞真正喜歡的對象……不，現在不是想這件事的時候，難道右將軍來了強援？

左元帥？不對，左元帥的駕臨應該不是這樣，空氣中沒有左元帥那方圓百尺內都窒息的靈壓。

那是誰？

還有什麼樣的伏兵？這伏兵，是否和張手遲遲未到有關？

就在文祥一陣衝動，握住了囚車的木柄，試圖以自己的力量，破車而出。

可是，同時間，一個輕浮的中年男子聲音，阻止了文祥的動作。

「咯咯咯咯，囚車裡面的人啊，我勸你別妄動。」中年男子咯咯的笑著，那是一種讓人一聽就厭惡的聲音。

而且這句話說完，還伴隨著用力吸鼻涕的聲音。

「你們是……」

「那些小師妹都沒死，好吧，我稍微修正，可能有些快死了，但是至少都還有氣，但是你一出來，我保證，你連一個完整的屍體都不會看到。」

「你！」

「我知道你想問我們是誰？」男人笑得好開心，「我只能說，這太難解釋了，可是，我和我的夥伴，曾經是古老時代最強者之一。」

「啊？」

「你們這些用五行操縱靈的法術很不錯，有潛力，可是實在太淺了，功力不足，不足為懼，尤其是我們這邊有……」那個聲音，已經完全貼在囚車旁，「有一個叫做呂布怪物的時候。」

「啊，呂布？三國的呂布？」

「我要你乖乖待在車裡，我的目標不是你或這些小朋友，我們要的，是你們當誘餌才能引來的，那個人。」

「那個人？」文祥就算曾經經歷無數風浪，聽到這男人的嗓音，仍感到渾身不舒服。

「那個人，未來，將會撼動整個人間與地獄，甚至成為濕婆都戒慎的人物，堪稱地獄遊戲史上最難纏角色。」男人的聲音，在此刻轉為陰冷，字字句句說得是咬牙切齒。「少．年．H。」

如果有人問右將軍，你這輩子最敬愛的人是誰？他的回答是，左元帥。

如果有人問右將軍，你這輩子最痛恨的人是誰？他的回答卻也是，左元帥。

如果你再問右將軍，誰是你願意捨棄生命保護的人，他的回答是左元帥。

但，如果你再問他，你最想殺死的人是誰，他的回答卻也是左元帥。

所有的答案，都是同一個人，因為這個人用暴力且霸氣的方式，領導了右將軍的生命。

當右將軍流浪到中原，因為蒙古血統而被追打、唾棄，甚至垂死的躲在街道暗處喘息的時候。

把他救起來的那道寬闊陰影，就是左元帥。

當時，左元帥尚未登上元帥大位，他是一名前鋒，率領蒙古前鋒軍衝入邊界的漢人小鎮，進行掠奪和破壞，直到他發現了倒在地上，因為饑餓和受傷而昏迷的年輕人。

右將軍。

「你的歲數和我差不多，但是你的眼神，已經領略了絕望。」左元帥蹲下，抓著右將軍的頭髮，把他的臉給拉起來。

「哼……」右將軍睜開眼睛，瞄了左元帥一眼。旋即，又閉上了眼睛。

「你想要活下去嗎？」

「想。」右將軍用僅存的生命，吐出了這個字。

「你的眼神很好，是戰場上惡魔的眼神，但，要活下去你得證明自己有沒有價值。」左元帥的聲音冰冷。

「怎麼證明？」

「握住它。」

「握住它？」右將軍再度睜開了眼睛，詫異的看著自己的掌心，多了一根樹枝。

「這根樹枝會證明你有沒有活下去的價值，或者說，你有沒有被我所利用的價值。」左元帥的手按住了右將軍的肩膀。

「哼。」右將軍這剎那，看見了左元帥的表情變了。

從一開始，就如同殭屍般冷酷而令人恐懼的眼神，在看著自己手上樹枝的剎那，變了。

更奇怪的是，樹枝，什麼變化都沒有。

「土系。」左元帥笑了，「一點變化都沒有，是最純粹的土系，我喜歡，哈哈，哈哈哈哈。」

右將軍看著發出笑聲的左元帥，這一剎那，他卻只想到一個問題。

為什麼？這男人，連笑起來，都這麼冰冷，與……沒有感情。

沒有感情，是因為真是如此？還是……他隱藏了什麼？

不過，此刻站在囚車外頭的右將軍，正努力的壓抑著內心不斷翻湧而出的驚訝。

土系的人，天生沉默寡言，卻未必真的冷酷無情。

而右將軍最詫異的是，原來這世界上，還有一個人，足以和左元帥一戰。

而且這個人，又似乎不是人？是一副幽靈般的紅色戰甲。

呂布戰甲。

右將軍低吼一聲，手上的鬼頭刀順勢舞開，墨黑色的刀光在空中散成一片凌厲的迴旋。

然後，精準的劈向了呂布戰甲的脖子與肩膀的交界處。

這一刀，可說是右將軍在戰場上打滾數十年的結晶，因為只有久戰沙場的人，才知道任何一副盔甲最弱處，永遠在它的接縫點。

而且，越是高明的鎧甲，其接縫處就隱藏得越好。

但，這瞞不過右將軍的眼睛，一雙土系人專有的冷靜與銳利雙眼。

鬼頭刀，劈向呂布戰甲的脖子。

錚然一聲。

刀鋒一半陷落戰甲接縫處，該是完美的一刀，但，右將軍卻沒有笑。

只有，驚駭。

「沒有肉？為什麼沒有砍到肉？」右將軍想抽刀退後，眼前這呂布戰甲，卻已經動了起來。

迎面而來的，是一個巨大的拳頭。

「可惡。」右將軍避無可避，右手鬆刀，然後左手捏出一個印。「出來！我的靈！」

役靈術，展露了它真實且兇狠的真面目。

剎那，一隻外貌平凡，卻全身噴火的鬼魂，從右將軍的左手陡然冒出，張牙舞爪，撲向了呂布戰甲。

但，呂布戰甲的拳頭，還在前進。

拳頭筆直，沒有任何滯怠，毫無花巧，穿過了火靈。

還是來到了右將軍面前。

右將軍身上所有的毛細孔，都因為這拳的逼近，而張開。

這拳，好強，好精粹，好美。

只要被拳面給碰到，毫無疑問，右將軍的頭顱，肯定爆破。

「三靈，全部出來！」右將軍靠著本能，喚出了最頂極的力量。三靈開泰！

火焰、樹幹，與赤金，三色靈同時撲向呂布戰甲。

拳頭衝破火焰，貫穿樹幹，擊碎赤金，終於，在最後一剎那，停住了……

停在右將軍鼻子的正前方，零點零一毫米之處。

右將軍這剎那，所有毛細孔才陡然收縮，大量冷汗，也同時湧出，濕了一身衣服。

而呂布戰甲的紅眼睛，閃爍了兩下，似乎激賞眼前的敵人。

然後，呂布戰甲的另一隻手，則再度舉起，握住了背上的長槍，那支中國史上最有名的長型殺人兵器。

方天畫戟。

這個對手，值得出戟。

此刻，而右將軍蓋住滿滿內心的，卻都是一種奇妙的味道。

死亡的味道。

右將軍知道，只要這戟一出，他必死。

絕對，必死。

這剎那，奇異的是，右將軍想到了左元帥，這個把他從落魄的街道撿回來的冷面惡魔。

他自己，究竟是敬他？或恨他呢？

戟。

沒有落下。

呂布戰甲停止了他的動作。

然後，轉頭。

望著天空，那片沒有半點雲卻是一片冷黑的天空。

會讓追求戰鬥極致的戰甲停止的理由，只有一個，那就是另一場更精彩的戰鬥。

或，另一個更精彩的人。

「你的對手，是我。」

黑暗中，一股讓周圍空氣全部結冰的壓力，隨著這個人的步伐，籠罩了整個戰場。

呂布戰甲的手，緊緊握住了方天畫戟。

罕見的，緊緊握住。

會握住，不是恐懼，而是饑餓。

千年，未曾遇到同樣類型，同樣等級對手的饑餓。

這男人的強，連呂布戰甲都認同嗎？

「來了嗎？」囚車裡面，和奇異中年男子對峙的文祥，此刻，只剩下面對頂極強者的沉重呼吸。「你終於來了嗎？左元帥。」

《外傳》第八章　師父

張手正在跑。

使勁的跑。

而他的背後，則是以優雅速度前進的暗殺女王，貓女。

「囚車裡面那男子說的承諾，究竟是怎麼一回事呢？」

「呵呵，妳想知道？」張手的手往旁邊一劃，一個美麗的綠色弧線出現。

木靈，現身。

綠色而龐大的身軀，腳踩著沉重而巨大的步伐。

「想。」

「好。」張手一躍上木靈的肩膀，順手拉起貓女。「劫囚車的地點距離這裡還有一個時辰的時間，我就和妳說了吧。」

在師父教導張手與文祥「役靈術」後的三年，有天，師父留下了紙條，就這樣悄悄的離開了。

他要負起自己生命最後也是最沉重的一個責任，追殺自己的徒弟。

文祥和張手看到紙條後，他們決定留在原來的木屋中，因為他們仍堅信，師父會回來，會帶著勝利回來。

他們這一等，就等了三個月。

直到有一天，小屋來了三個人。

這三個人分別是一老二少。年紀較長的那個人，一頭白髮，白色鬍碴落在下巴，身材消瘦卻精悍，外表看似落魄事實上眼神卻無比銳利，他默默走到了文祥和張手的面前，雙手伸出，拍了拍兩位少年的肩膀。

「我在道門中排行第六，是你們的師叔。」白髮男子說，「你們的師父，要我把一個東西交給你們。」

「師父？我們的師父？」文祥和張手同時抬起頭，看著這個白髮男子。

「是的。」

「師父為什麼不親自把東西拿回來？」張手聽到自己的尾音，正在顫抖。

「……」六師叔沒有回答這個問題，只是看著兩個少年，然後，他慢慢的拿出了兩個東西。「你師父，只交代我，把這兩個東西交給你們。」

看到了那兩樣東西。

這一剎那，文祥和張手兩人，同時噤聲了。

那是一只破碗，還有一把劍。

這不是幾年前的那個晚上，兩位少年在一片荒涼饑荒的土地上，第一次遇到那位拿著大劍的老者。

老者出了這樣一個題目。

一碗水，或一把劍。

滿滿的回憶，這剎那間，全湧上了張手和文祥的心頭。

就是在那個晚上，第一次遇到師父的啊。

「你們師父還有些話想對你們說。」六師叔掏出了一張紙，遞給了文祥和張手。

文祥用顫抖的手，打開了這張紙。

給文祥與張手：

左元帥，是我在經歷無數人生殺戮中，在戰場上所撿到的嬰兒，他的出現，讓我第一次動了收徒的念頭，於是我將他撫養長大，將我一身絕學傾囊相授，只是沒想到他青出於藍，甚至成了我們道門的大敵。

出現如此孽徒，的確讓我心灰意冷，從此之後我訂下『一把劍與一碗水』的規矩，找兩位渴望在亂世中成為強者的少年，讓他們抉擇，要劍？還是要水？也許這樣殘忍，也許這樣太過不人性，但在一次又一次的試煉中，我看到了人性的卑鄙與黑暗，有的為了搶奪劍而喪命，有的寧可倒掉水也要同歸於盡，有的人放棄了，也有人堅持下來……但，我從未遇過像你們這樣的孩子，願意將水與劍給同一個人，只為了爭取最後一絲希望。

你們懂得堅持，有決心，又聰明，更重要的是，從頭到尾，你們都沒有捨棄過對方。

我在你們身上，看到了無論是我與左元帥都沒有的特質——仁。

這份仁，對我來說，何等珍貴，與左元帥的黑暗是截然不同的特質，也許，你們才是我的希望，能擊敗我的大徒弟，而且……拯救他。

他是一個可憐的孩子，從戰場上誕生，太強的力量讓他變得孤單與寂寞，他其實，真的是一個可憐的孩子。

最後，你們閱讀此信的同時，我應該已經和左元帥完成了這次的師徒決鬥，而且其結果應該也已經註定。

我真的很開心，在我有生之年，能夠遇到你們兩個徒弟，一個如水般柔軟與溫柔，期待你有天成為普渡眾生的大海；另一個則是如金般剛硬且聰明，期待你能成為拯救黎民百姓的亂世之劍。

師父，終究沒能救出左元帥，而他，會是師父給你們的最後一個任務，也是考驗。

打敗他，才是真的救了他。

最後的最後，那破碗與那把劍，分別留給你們，我最得意的兩個徒弟。

師父筆

闔上了信，張手和文祥同時深吸了一口氣。

成為普渡眾生的大海，與拯救黎民的亂世之劍嗎？

「我們答應你，師父。」張手與文祥同時下跪，對著遙遠的北上，深深的鞠躬著。

「而且，我們會記住這一把劍，與這個碗，把您交代我們的最後一個任務給完成。」

「我們知道，從那時候起，我們才真正的，從您這裡畢業。」

說完，兩位少年再度彎下腰，一個在他們生命中，最深的磕頭。

對著遠方。

這個在亂世中給他們磨練，與成長的師父。

然後，在兩少年的頭抬起的同時。

地面，隱約的，可見那兩片潮濕的土壤。

那潮濕的土壤，是他們獻給心中老師，最後的一份不捨。

「你們師父與左元帥的最後一戰啊。」六師叔說起這故事，都不禁唏噓。「我和兩個徒弟都親眼見到了，順便介紹，這是我的大徒兒叫做阿霆，小徒兒叫做小舞。」

一直到此刻，文祥和張手才有心神去注意這隨著六師叔而來的一男一女。

年紀與自己相仿，都是十八、九歲上下的年紀，阿霆英氣勃勃，腰間繫著一把長劍，一看就知道是少年劍俠的模樣。

而小舞有著一雙靈動的大眼，身材纖細修長，溫柔婉約的表情中不時流露出動人的小女兒神態，竟讓初次見到她的文祥，忍不住多看了幾眼。

只是，小舞的眼睛，卻似乎留在張手身上。

「那天的最後一戰……」六師徒繼續說著，「我還記得，天空陰沉沉的，似乎就要下雨，而你們師父，也是我的大師兄，終於追到了左元帥。」

說到這裡，六師叔閉上了眼睛，而當天的種種，就從他的口中慢慢傾瀉而出……

天空陰沉，重雲深鎖，大雨彷彿隨時就要傾盆而下。

這裡是蒙古與中原的交界小鎮，長年的戰禍讓這裡居民少得可憐，只有少數不怕死的商旅在此暫時借住，也都是第二天一早就匆匆離開，深怕自己成為兩軍交戰時候的箭靶。

而這樣的小鎮，寬闊的大路上。

來了一個身材壯碩的男人，他直直的站在街道的中央。

沒有說話，一股君臨天下的霸氣，卻讓整條街道所有生靈都退避，沒有犬吠，沒有雞啼，沒有人跡……

只有另外一個人，緩緩的，從街道的另外一頭走了出來。

這人的身材雖然同樣高䠷，卻多了份滄桑與年邁，背脊略彎，手腳佈滿了歲月刻下的皺紋。

「我知道，你找我很久了。」身材高大且較為年輕的男人，一開口，聲音低沉到不似人類嗓音。「師父。」

「所以你故意挑這裡，讓我找到你嗎？」師父笑了，「大徒弟，不，或者我該稱你為左元帥。」

「是的。」左元帥的五官像是刀斧鑿，深刻而冷酷。

「喔?你不怕被我打敗?」

「……」左元帥抬起頭，一雙灰色的眼神，直直的看著眼前的老者，這個曾經撫養自己長大，傳授自己一身絕學的男人。「這不是害怕的問題，而是這『不可能』。」

「哈哈哈哈，我可不記得我教過你，這麼自大？」師父大笑，笑聲在這片陰沉的天空迴盪，平添幾許壯士的悲涼。

「是的，您沒這樣教過我。」左元帥那雙灰色的眼珠，看不出情緒起伏。「雖然，您真的教了我很多東西。」

「喔？你還記得？」

「記得，我曾經不小心深陷餓犬堆之中，是您丟了棍子給我，教我用棍子擊打狗的眉心，我曾經落入佈滿尖刺的獵人陷阱，是您教我不要害怕雙手流血，靠自己爬上來。」左元帥看著師父。「是您教了我，這是一個亂世，而亂世……」

「唯強者居之。」師父接口，嘴角卻不禁苦笑。

「是的。於是我這樣深信著。」左元帥沒有出手，只是淡淡的說著話，這對曾經多次以霹靂手段滅殺千人漢軍的他來說，從來沒有發生過。

這麼多話的左元帥。

他，是不是也不想動手？

也想在最後這一刻，回味一下曾有的溫暖。

「是嗎？」師父垂下了雙眼。嘆氣。「可惜，我始終忘記教會你一件事，這件事，或者說，這件事我一直到你離開後才體會。」

「嗯。」

「亂世中，唯強者居之，而強者卻是寂寞的。」

「寂寞的……」左元帥的灰色眼珠，輕輕顫動了一下。

「我忘記告訴你，當你捨棄了人性，當你忘記了仁慈，會有多麼孤單與寂寞，而你，卻在當時一字不差的貫徹了這個強者理論，也成為最寂寞的人。」

「……」左元帥沒說話，從來都往前看得眼神，首次微微的下垂了。

「很抱歉，讓你這樣寂寞，讓你必須不斷殺人來證明自己的強，讓你以為生命中只有不斷攀向極致的高峰，很抱歉，真的……」師父的老淚，一滴一滴從臉頰滑下。「而我此刻唯一能做的……」

「……」

「就是替你終結這個痛苦。」師父慢慢的從背上抽出自己的武器，一根木棍，一根上面刻滿戰鬥傷痕的棍子。「我會殺了你，替你終結這份苦。」

「…………」左元帥看著已經年邁的師父，忽然，他那冷酷的表情，有了一點點細微的變化。「師父，其實你錯了。」

「我錯了？」

「我現在是很寂寞，但是……」左元帥笑了，溫暖的笑。「我曾經不寂寞，當我還趴在你背上，當我還拉著你的手，當我還小，聽著你說著『這亂世中，唯強者居之。』的時候，那時候，我一點都不寂寞。」

「是嗎？」

「師父，我會全力迎戰。」左元帥兩隻粗大的手舉高。「因為你是我最尊敬的師父。」

「很好，我就是希望這樣。」師父笑了，手上的棍子揮舞。

在棍子舞動中，五靈全部現身。

金靈、木靈、水靈、火靈，以及土靈。

能湊齊五行之靈的人，就能完成最完美的攻擊與防守，而師父就是達到這樣的境界。

而他的絕招，就是五行最完美的融合。

木系的怪力。

師父的這根木棍，舉起，在剎那間膨脹成參天巨木，然後夾著無比氣勢，砸向左元帥。

巨木落地，整個街道的磚瓦同時粉碎、陷落，然後往四周裂開。

左元帥呢？他逃出來了嗎？

「師父，五靈合一，這樣的招數果然完美。」左元帥的聲音，冷冷的從師父的背後傳來。

他，是怎麼躲過的？

師父一驚，手上的木棍再度舞動，這次不再只是一株參天巨木，而是連天空都失去喘息空間的樹林。

從那根木棍中爆出，一大片足以淹沒整個小鎮的樹林，瞬間蓋住了這片大地。

當然，連左元帥都給吞噬了。

不過，師父的表情，卻一點開心的感覺都沒有，因為他發現，這片茂密的森林中，少了實在感。

少了捕獲獵物的實在感。

而且，就在他眼前，出現了不對勁的一環黑圈。

這一環黑圈不屬於整片森林，不屬於這小鎮，更奇異的是，它甚至不屬於這個空間。

「師父，這些年來，我一直問自己，當力量滿足五靈後，後面是什麼？」左元帥的聲音，從這片黑點傳出。「五行歸一最後會得到什麼？這是我得到的結論。」

「這黑色的圈圈，就是你的結論？」

「我叫這東西為『滅圈』。」左元帥的聲音，在此刻，變得極度冷酷。「當五行歸一，萬物都回到最原始的狀態，那就是一個字，滅。」

滅。

徹底的滅。

然後，師父的眼睛睜大，這片茂密的森林，這片由五行創造出來的木系頂極攻擊，在這滅圈之下，盡數毀滅。

先是樹葉飛散，然後飛散的樹葉在空氣中分解、碎裂，最後消失。

而樹幹則是出現一條一條觸目驚心的裂痕，然後樹幹纖維抽離、崩裂，最後也是消失。

滅圈不斷的膨脹，所有的樹木都爆裂，都分解，最後都消失。

數分鐘後，師父一生功力所聚的五靈木系一擊，就這樣盡數瓦解了。

「滅圈之內，所有五行所誕生的物質，都會被我所滅。」左元帥從這大片的廢墟中，緩步而出。

而專屬於他，那讓空氣凝滯的靈壓，更完全壓制了師父。

「不對。」大敗的師父嘴巴張開，一口濃稠的鮮血，就這樣仰天噴出。「不對！」

「不對？因為我不該敗你嗎？」

「不對。」師父搖頭，力氣喪盡的他，身體委頓的坐在地上。「五行歸一，不該是滅，不該……」

「喔？那該是什麼？」

「五行是創造生命的源頭，應該是……」師父的手，顫巍巍的伸出，試圖要抓住眼前左元帥的手。

可是短短的數公分，卻彷彿萬仞峽谷般遙遠。

「把手給我，應該是……應該是……」

終於，師父的聲音弱了，呼吸淺了，眼神失焦了。

手，垮然放下了。

而站在師父面前，始終沒有伸出手的左元帥，卻沒有動。

積鬱了幾日的天空，忽然轟隆一聲，雷電一閃過去，是滿天的雨珠，隨風捲下。

左元帥還是沒有動。

雨落在他的身上，也落在師父屍體身上。

濕了左元帥的衣服，濕了他的臉龐，濕了他的頭髮。

連，最不容易濕的灰色眼珠，都被水氣給浸淫成一片潮濕。

「師父，好走。」左元帥鞠躬，大雨中，他的聲音第一次聽起來，不再如此冰冷。

好走。

然後，左元帥轉身，大雨中，踏著他堅定的步伐，離開了這座小鎮。

也離開了那個曾讓他不寂寞的老人背影。

左元帥離開後的幾刻鐘，小鎮的一個角落，幾個人影方才小心翼翼的出現了。

白色的頭髮，消瘦的身形，不是別人，正是六師叔，還有他兩個小徒弟。

他們知道，這場戰鬥的等級太高，不是他們能插手的，故遵照師父的命令，只要乖乖躲在一旁就好。

「左元帥，其實早就發現我們，只是他沒有選擇對我們動手。」六師叔在大雨中，看著師父的屍體，垂下的手，不禁唏噓。

「大師伯的手，最後到底要給左元帥看什麼東西啊？」小舞禁不住好奇，蹲下，慢慢的打開了師父的右手。

那隻到死前，都沒能抓住大徒弟的手。

手心中，雨水中，只有一顆細小的黑色橢圓形物體。

「這是，」小舞的聲音疑惑。「種子？」

師父對五行歸一的答案，不是滅圈，而是種子？

種子究竟是什麼意思？

六師叔把手攤開，那顆小小的黑色種子，在他的掌心打轉。

「你們懂你們師父的意思嗎？」

兩位少年沒有回答，只是沉思著。

「左元帥能力已經到達六靈的程度，如果無法解開種子的謎團，恐怕無法和他匹敵。」六師叔語重心長的說，「這會是你們未來幾年最大的課題，究竟你師父在死前領悟的五靈歸一，第六靈到底是什麼？」

「嗯。」兩個少年對六師叔深深鞠躬。「謝謝師叔。」

「未來的日子裡面，你們就跟著我吧。我的力量雖然不及你們師父，但至少讓你們不愁吃穿。」六師叔微笑。「而且，你們也可以指點阿霆和小舞幾招。」

「對啊，張手哥哥，文祥哥哥，留下來嘛。」小舞拉住了他們的衣袖，這一秒，文祥幾乎心動了。

只是，一轉頭，卻見到張手笑著搖了搖頭。

「小舞，我們必須去修煉。」張手看了文祥一眼，「尤其是文祥，他胸懷大志，是要做大事業的，呵呵。」

「嗯。」文祥也知道，此刻的他不該停留。

小舞失望的表情溢於言表，輕輕的說：「那我該去哪找你？張手哥哥，還有文祥哥哥。」

「我啊，會在廟裡。」張手微笑，「我得想想碗的事情。我是宅男，喜歡在屋子裡。」

「呵呵，你好有趣。」小舞瞇起眼睛，看向文祥。「你呢？文祥哥哥。」

「我要去京城。」文祥此刻找回了他霸氣剛毅的雄心。「不過我會回來看妳的，小舞。」

「嗯。」小舞的眼神看向張手，甜美的笑容。「那我也會去廟裡看張手哥哥的。讓他變得太宅，就沒有女人喜歡啦。」

「呵呵。」

第二天清晨，張手與文祥啟程離開了六師叔。

只屬於他們新的戰役，就此展開。

《外傳》第九章 最後一戰 之一

南宋，囚車旁——

呂布戰甲渾身綻放紅光，這是它被濕婆從地獄帶到地獄遊戲以來，最興奮的時刻。

因為，它眼前的敵人，夠強。

強到，可以讓它發揮真正的實力。

方天畫戟高舉，然後舞出一個美麗毫無破綻的圓形，直接攻向眼前這從黑暗中浮現的高手，左元帥。

「五靈之，木靈。」左元帥天生屬火，引出木靈來提升自己的力量，登時架住了呂布的方天畫戟。

呂布戰戟一收，轉為由上而下的直劈，這劈夾著呂布強大武力，頗有力開山河的氣勢。

只是，左元帥冷笑，右手一轉，第二靈順應而生。

金靈。

金靈在五靈中身軀最硬，和方天畫戟一聲金石交錯，躲掉了這波猛擊，同時間，左元帥的第三靈再度出現，水靈。

水靈身體無形無質，躲過方天畫戟的攻擊範圍，瞬間鑽進了呂布戰甲的懷中。

「進去！」左元帥右手一握，水靈夾著強大後援之力，鑽入了呂布戰甲體內。

從木靈、金靈，到水靈，左元帥果然是運用五靈的能手，瞬間拿到優勢。

「漂亮！」右將軍在一旁大聲歡呼。「這傢伙外表看似只是一尊戰甲，只有無形無體的水靈能對付，我竟然忘記了，不愧是左老大。」

「是嗎？」另外一邊，為呂布戰甲夥伴的中年男子，表情卻不為所動，只是冷笑。「左元帥沒出實力，呂布戰甲又何嘗不是呢？」

吼！

下一秒，只見呂布戰甲發出咆哮。

盔甲一陣顫動，溫度暴升，衝入其體內的水靈，在這一瞬間竟被來自呂布的癲狂戰意給盡數蒸發，變成冉冉蒸氣，給逼了出來。

「好。」左元帥眼睛一睜，灰色眼珠閃過一絲激賞。

而呂布戰甲的方天畫戟再度旋轉起來，越轉越快，而且隱含風雷之聲，宛如猛虎下山般震動人心的咆哮著。

「看樣子，老是用一些小技巧，你也不耐煩了吧。」左元帥手一伸，五靈同時匯聚。

黃色金、紅色火、藍色水、綠色木、棕色土，五色旋轉成一顆球。

而球，在這一瞬間，變化成一個黑色的圓環。

呂布戰甲眼神綻放紅光，接著，它雙手同握正在急速轉動的方天畫戟，風雷之聲還在增強，天地都為之變色。

「來吧。」左元帥的手一揮，這剎那，黑色圓環飛了出去。

無聲，安靜，輕巧的一拋。

而呂布戰甲的方天畫戟，也同時脫手。

浩瀚，震動，聲勢浩大一拋。

然後，兩大力量，在空中交會。

「結果？」右將軍抬起了頭，眾蒙古武將士兵都抬起了頭。

「誰贏？誰輸？」包括小舞、阿霆，所有道門的師兄弟也都抬起了頭。

但，結果卻完全出乎所有人的意料之外。

最強的攻擊武器方天畫戟，以及堪稱這時代，道門最強的五靈歸一，卻沒有碰在一起。

被纏住了。

被一條一條奇異又噁心的黏膜給纏住了。

這黏膜具有某種特殊的力量，完全阻隔了呂布戰甲的方天畫戟與黑色圓環。

左元帥皺眉，「這裡還有其他高手？」

但也許左元帥不認識這黏膜，呂布戰甲可是熟得很，它高高躍起，直撲向黏膜的主人。

神祕的中年男子。

那黏膜不是別的東西，正是這男子一年三百六十五天鼻子裡面的東西。

鼻涕。

「吼！」無法說話的戰甲，光這聲金石相碰般的吼聲，就足以表示它的極度憤怒。

但這中年男子卻絲毫無懼，他看著呂布戰甲的大拳頭，逼近了自己的臉門，才忽然猛力大叫。

「呂布！你忘記，濕婆要你聽我劉禪的嗎！」

聽到「濕婆」兩字，只見呂布戰甲在這一剎那，猛然一頓，拳頭緊急煞車，就停在中年男子面門的正前方。

空氣中，只剩下充滿壓迫的呼吸聲。

「別忘了，是哪個大神把你從地獄第十七號監獄給帶出來的。」劉禪冷笑，「他抽去了你愛反叛，惜英雄的精神，只保留你一身狂暴的戰意，但你別忘了，你要聽我的。」

呂布戰甲的紅色眼睛射出憤怒的光芒，可是他的大拳頭，卻也在此刻，慢慢的放下了。

「這樣才乖嘛。」劉禪抽了抽鼻子，走過暴怒的呂布戰甲，來到左元帥的前方。「你叫做左元帥？」

「哼。」左元帥對眼前這貌不驚人的肥胖男子，不屑的哼了一聲。

「我知道你的目的，是要抓囚車裡面的人，還有他的同黨，告訴你，我們的目的是一致的。」劉禪露出邪惡的笑。「不如，讓我們合作吧。」

「喔？」

「你要囚車裡面那個人的命，而我，則要他兄弟的命。」劉禪笑，「我們各取所需，划算吧？」

左元帥沒有說話，他瞄了一眼，遠處那渾身紅色的呂布戰甲。

剛才湧出的高昂戰意，如今已經被冷酷所取代。

「划算。」左元帥轉身，「右將軍，把那些餘黨都抓一抓，我們上路……嗯？」

這聲上路，才剛落。

忽然，左元帥昂起頭。

騷動。

靈在騷動？

五靈在騷動？跟剛才呂布戰甲相同的感覺？

還有高手，還有高手來了嗎？

接著，左元帥猛一轉頭，看見了囚車上的那個東西。

一條黑色絨毛的尾巴，緩緩的溜過了囚車的邊緣。

「我回來了喔，囚車裡面的朋友。」那尾巴的主人，笑得好誘人。「還把你的義弟給帶來了呢。」

關於過去記憶的部分——

對文祥和張手來說，師父的死，對他們造成極大的衝擊，同時也是他們分道揚鑣的開始。

「我有一定程度的武藝了。」文祥說，「在我們能挑戰左元帥之前，我想要找到屬於自己的特殊能力，而且，我還要去找那個讓我家破人亡的混蛋大官。」

「我想回去寺廟。」張手生性溫和不與人爭，「老僧的墓，也已經許久沒有人掃了。」

「別忘了，尋找你的特殊能力喔。」

「呵呵，事實上，我已經想好了。」張手微笑。

「喔？」

張手拿起師父的遺物，那只破碗。

「這就是我的特殊能力。」

「啊？」

「至於能不能成功，我還沒有把握，但，這是我們的承諾，如果有天我們都成功了，就是一起對抗左元帥的時候了。」

「沒錯。」文祥笑了，「原來你想從破碗下手，這麼巧，其實我對自己的特殊能力也有一個底了，我想嘗試那把劍。」

「喔？」張手眼睛一亮。

「我會成為師父所說的，拯救黎民的亂世之劍。」文祥說，「而你也要成為普渡眾生的大海喔。」

「會的，等到我們都練成的那一天，無論多遠，無論多久，我都會去找你。」張手伸出手。

「嗯，我等你。」文祥和張手兩手緊握，然後用力把張手拉進懷中。強壯的肩膀，撞上強壯的肩膀。

這是友情的撞擊。

燦爛的友情撞擊。

「再見，義弟。」

「再見，義兄。」

『我們』兩人異口同聲，『等到要和左元帥戰鬥的時候，我們再見！』

從此之後，兩個少年開始各自的闖蕩生涯，文祥一如師父所指出的屬於「金」的性格，聰明、銳利、外放。他很快的用計讓無惡不作的大官家族嚐到後果，替自己母親報了仇。

然後文祥投入軍旅，屢下戰功，之後更得以進入權力中樞，甚至見過皇帝，大膽書陳自己的理念。

文祥之後又見了幾次小舞、阿霆，還有一些道門的師兄弟。

文祥才真正發現，他的役靈術，已經是這些小輩望塵莫及的。

他能操縱五靈，實力直逼當年的師父。

而且他從劍中領悟的特殊招數，更讓他履險如夷，無論是在戰場上，或是京城裡，都展現了過人的絕代風華。

而且，這段漫長的修煉歲月中，他固定每年兩次，會去探望六師叔。

說是探望六師叔，還不如說是去見小舞。

文祥的金系天分高得驚人，不用三年，他忽然明白，自己已經超越了六師叔，甚至可以指導小舞。

小舞也在這幾年逐漸的蛻變，原本稚氣靈巧的模樣變得越來越迷人，越來越有女人味。

只是，當官位越來越高的文祥，想帶小舞上京，小舞卻始終不肯點頭。

只是，隨著文祥的地位與名氣不斷攀升，他性格中太剛毅缺乏圓融的部分，卻為朝廷中那些小人所不滿，連環毒計之下，將他送入了一場不可能獲勝的戰役中。

那場戰役的對手，恰巧就是左元帥親率的前鋒部隊，兩軍在戰場上血肉橫飛的交鋒，五靈術則在底下暗中較勁。

可惜，文祥畢竟沒有左元帥的功力深厚，最後不敵被捕。

文祥被關入囚車，直送上蒙古首都「大都」，在無數的蒙古人民前，問斬。

文祥在車內，卻一點都不擔心。

因為他知道，他被捕的事情，一定會傳入另一個兄弟耳中。

而他，一定會來。

就像當年的那碗水，與那把劍，那兄弟從未放棄。

張手，消失數年沉潛的張手，一定會回來。

與文祥聯手，和左元帥一戰。

第六靈究竟是什麼的謎底，也一定會在這場戰鬥中，得到解答。

南宋，囚車旁——

小舞因為突如其來的呂布戰甲介入，整個局勢被迫逆轉，最後十餘個師兄弟全部被抓。

雖然無人死亡，卻也只能無奈的躺在囚車旁，看著事情以超乎他們想像的速度發展。

先是呂布戰甲以秋風掃落葉的姿態打敗了小舞等人，接著，嗜戰成性的它，找上了蒙古大將中最能打的一個，右將軍。

雙方交手，小舞更詫異了。

原本小舞安排七、八個人勉強拖住的右將軍，面對呂布戰甲，竟然完全不堪一擊，瞬間就要喪命。

只是，戰局還在變。

左元帥，在此刻現身。

小舞忽然有點懂了，也許左元帥早就跟著這台囚車了。

這一切都是陷阱，捕捉文祥，引誘小舞等人，要將道門第二代，全部一網打盡，這是左元帥佈下最可怕的天羅地網。

可惜，這一切反而被呂布戰甲給破壞，但，小舞必須承認，戰甲與左元帥的這場對決，真的讓小舞目不轉睛。

這份目不轉睛，來自小舞從小習武，修道，所渴望的至高境界，就像從小學畫的人，才明白畫聖吳道子簡單幾筆後，所呈現的萬千世界，是多麼浩瀚，且深厚。

呂布戰甲與左元帥，真無愧是當今最強。

兩人的交手，讓現場所有的人都忘記呼吸這件事。

可是最後劉禪的插手，卻讓原本就險惡的局勢，更加險惡，因為呂布戰甲與左元帥正式連成一線。

最強兩人站在同一邊，對小舞這方的陣營來說，簡直就是宣判了死刑。

不過，小舞的沮喪，卻因為另外一件事的發生，又改變了……

而這改變，竟完全來自一條尾巴。

曼妙，輕盈，優美的一條尾巴。

它，滑過所有人的面前，包括錯愕的左元帥、呂布戰甲，還有那個流鼻涕的髒鬼劉禪。

竟然，沒有人攔得住它，或者說，太快，快到沒人想到要攔住它。

這朝代，這亂世，這天下，竟然還有一個人。

可以這樣優雅走過這些頂極高手的面前，恍若無物。

小舞努力睜著眼睛，想看清楚那最後一個高手是誰？

卻在這一剎那，看見另外一個人，一個曾讓還是少女的她，不自覺用眼神難忘的男孩。

輕鬆、調皮，卻溫柔的笑容。

張手。

「抱歉，好像來遲了。」張手扠著腰，不知道何時，已經坐在那尾巴的主人旁邊。「小舞師妹、阿霆師弟，還有……我的老朋友，文祥。」

說完，張手雙手用力，對著這台囚車，狠狠地拍了下去。

囚車木棍同時碎開，四下飛射。

而當木棍落盡，裡面的那個人，也終於露出了他的廬山真面目。

「是啊，真是好久不見啦，老朋友，義弟。」這數十日來的囚車生活，一點都沒有折損文祥的英氣與挺拔。「我就知道你會來。」

我就知道，你絕對不會放棄我的。

我知道。

《外傳》第十章 最後一戰 之二

左元帥灰色的眼珠，正緩緩的梭巡眾人。

根據強者的直覺，他知道在場，哪一個敵人最具威脅性。

那個有著長尾巴的黑髮美女。

她翹著腳，坐在囚車上的樣子，雖然看似毫無殺傷力，事實上，她卻巧妙的佔住了局勢中最關鍵的位置。

任何人只要一妄動，以她的速度，絕對能讓那個人吃到苦頭。

可是，左元帥知道，這樣的高手，不是屬於他的。

因為他已經感覺到身邊的呂布戰甲，方天畫戟散發的濃烈殺氣。

看來，這黑髮女人和這奇怪的戰甲有點因緣，不是左元帥能插手的。

左元帥的目光，接下來集中在那兩個少年身上。

好像啊。

這兩個少年，好像師父啊。

又或者說，好像年輕時候的自己啊。

英挺，自信，習得一身道門的役靈術，懷著一份大志，要以強者的姿態改變這亂世。

真是太像了，不是嗎？

「左元帥，你的對手是我們。」文祥和張手同時往前走。

這一走，不只左元帥皺眉，連背後的黑髮女孩都忍不住吹了一聲口哨。

「好棒的氣勢。」黑髮女孩微笑。「我貓女最欣賞有氣勢的年輕人了。」

左元帥發現，當時他一手擒住文祥，不記得他有這麼強大的氣勢啊？難道是因為身邊另一個少年嗎？

只有他們兩個人合作，才能發揮真正的實力？

此刻的貓女，坐在囚車的一個輪子上，輕鬆而優雅的搖著她的腳。

她，正在觀察局勢。

左元帥，是難得的好手，而且在他冷酷外表下，擁有另外一種超絕的力量。貓女不喜歡那力量的味道。

太絕望。

那是一種絕望而危險的味道。

只不過，貓女知道，就算左元帥再危險，她也不該插手他與張手、文祥兩人的戰鬥。

夙願。如果這是張手的夙願，只要完成了，這個夢就算結束了。

而少年H終於可以回到地獄遊戲，回到真實的世界。

只是，貓女不禁歪著頭想著，一個問號逐漸在她心底成形。

「少年H最後的遺憾究竟是什麼？他沒能打敗左元帥嗎？他將喪命在此嗎？」貓女總覺得不對勁。「或者，等一會，還會發生什麼超乎想像的事，讓少年H進入地獄後，仍無法安息。」

總覺得，不對勁啊。

貓女使勁搖了搖頭，想要甩開這份不安。

因為，她的背後，那股熊熊的戰意，已經熱到快要把她的黑髮燒焦。

呂布戰甲。

從地獄遊戲追到遠古時代。呂布戰甲，這頂極戰士中的頂極。

這個對手，就連擁有九命的貓女，都得稍微認真起來了。

「更何況，」貓女的眉頭皺起，瞄向躲在一旁，看似痴肥的劉禪。「我老覺得，這傢伙才是真正的麻煩人物。」

躺在地上的小舞，正覺得自己的呼吸都要停了。

眼前這兩個男人，在她師父口中的故事中，不知道出現了幾次。

他們是大師伯死前託付的兩個人，因為厲害無比的大師伯，相信他們，他們可以擊敗左元帥。

奇怪的是，小舞從看到他們的第一眼開始，彷彿就懂了大師伯的想法。

如果左元帥是黑夜，這兩個人似乎就擁有著能照亮黑夜的光。

光不強，沒有黑暗這樣籠罩天地的氣勢，卻溫暖柔細，打開人心的最後一點善。

小舞這瞬間，想起了那顆種子。

大師伯臨死前悟出來的「五行歸一」究竟是什麼?和左元帥的滅圈又有何不同?

小舞想到這裡，不禁嘆了一口氣。

這些年以來，文祥不管事務多繁忙，都不忘來探望小舞的師父，但小舞懂得，文祥的心意，不只是探望道門中僅存的長輩，那樣的簡單。

他的心，在小舞身上。

一如，小舞自己的心，也在另外一個人的身上。

一個破廟宅男的身上。

大戰如弦，一繃即斷。

終於，掀起戰潮的第一聲來了。

鏘。

方天畫戟。

在空中劃出一道美麗的直線，插向貓女。

然後，貓女身影往上一個完美仰翻，躲掉了這一戟，同時間，她爪子在空中颼然伸出，抓向呂布戰甲的面門。

戰甲紅眼一睜，渾身戰氣咆哮而出，化成有形的劍氣，擊向貓女的爪子。

鏘鏘鏘鏘鏘鏘，貓女的爪子在空中與這些無形劍氣亂鬥，到處都是被震開飛散的戰氣，苦了那些沒有特異能力的蒙古士兵，不少人被這些戰氣之劍削斷手足。

終於，凌亂飛舞的戰氣到了盡頭。

但，地面上的呂布戰甲，卻消失了蹤影。

「糟。」貓女一愣。「它呢？」

一抬頭，卻發現呂布戰甲已經高高的躍在貓女的頭頂，雙手持戟，狠狠地，插落。

「交出第一條命吧！」呂布戰甲彷彿發出這樣的聲音。

方天畫戟直直落下，銀光銳利，插入貓女的身軀中。

貓女的身軀，登時破碎。

不，不對。呂布戰甲遲疑，戟並沒有插中實體！

這是殘影，貓女高速下遺留下的殘影。

「呂布啊。你被抽去了靈魂，只能成為濕婆與劉禪的戰鬥工具，我現在就來解放你了！」貓女雙手舉高，閉上眼睛，提聲高喊。「出來吧，小叮噹的任意門！」

小叮噹的任意門！

就是這一招，硬是吞了孔雀王的毀滅長槍，就是這招無情的吃了董卓！

如今，貓女竟然打出了這招。

戰鬥，這麼快就進入白熱化了！

呂布戰甲仰著頭，看著貓女的雙手之中，出現一個螺旋狀的黑色大洞，一個什麼都可以吃進去的大洞。

這剎那，呂布戰甲的方天畫戟卻遲疑著沒有舉起。

它彷彿懂了，貓女的話語。

我來解放你，讓你回到主人的身體裡面。

「貓女啊貓女。」遠處，始終袖手旁觀的劉禪發出冷笑。「妳可別勾引我家的呂布戰甲呢，它還是清純少男啊。」

然後，劉禪的雙手按住自己的鼻子，這一刻，始終沒有用出真正實力的阿斗皇帝，終於要拿出真正招數了。

「鼻涕！」劉禪捏住鼻子，用力吹出。「攻擊！」

鼻涕，攻擊？

貓女看見了那條又綠又濃的「東西」，飛過半個天空，朝著自己飛來。

她禁不住大聲尖叫。「我的天，你也太髒了吧！」

「髒？」劉禪怒笑，「馬上就讓妳知道，鼻涕的厲害！」

也許是貓女對髒東西天生畏懼，這條又粗又大的綠色鼻涕，還真讓她的動作遲了零點零一秒。

就這一零點零一秒。

戰局發生巨變。

綠色鼻涕黏住了小叮噹的任意門，而且鼻涕彷彿有生命似的，快速的在黑洞前面盤旋環繞，擋住了黑洞的門。

「巫術之門什麼都吸，你那點鼻涕……」

「錯了錯了，所謂的鼻涕最厲害的就是，它碰到風，就會馬上乾掉！」劉禪得意的說，「更何況這鼻涕可是積了整整三百年都沒清，在我鼻子裡面不斷的進化，其濃稠噁心的程度，絕對堪稱世界之冠！」

「啊啊啊，這東西你說什麼世界之冠啊啊啊……」貓女尖叫。

但，劉禪的講話雖然胡扯，卻見到那條濃稠的鼻涕急速乾化，而且一乾之後，還堅硬無比，連巫術之門的強勁吸力，都無法扯破這由鼻涕所盤繞而成的綠色塞子。

「堵住了？」貓女眼睛睜得老大。「連孔雀王都要投降，連董卓都被吃掉的巫術之門，竟然被……一坨鼻涕給破了？天啊，Div，你這故事這麼扯，要怎麼向讀者交代啊！」

「什麼扯？我的鼻涕可是積了好幾百年的濃涕，所以鼻涕，一開始是白色透明，之後會微微發綠，綠後是黑，黑後則微紅帶血，再來會發暗紫，最後又會回到綠，不過這種綠，已經等同於琥珀與上好的玉，其色半透半濁，才是上好的鼻涕……」

「這傢伙真是噁心！」貓女怒極反笑，雙腳踩地，爪子伸出，就要當場斬殺這該死的噁心鬼劉禪。

「妳想殺我？」劉禪大笑，「妳忘記了，沒有了巫術之門的妳，真正該害怕的人是誰嗎？」

真正該害怕的人？

貓女在這一剎那，猛然回頭。

她看到了一根銀色戟頭，對著自己的胸口直插而來。

該死！方天畫戟啊！！

然後下一秒，貓女的胸口破裂，鮮血迸開，被方天畫戟給硬是刺穿。

「漂亮。」劉禪伸出了第一根指頭。「這是第一命。」

另一方，當貓女和劉禪的鼻涕奮戰，而張手和文祥也對上了左元帥。

灰色的眼珠，宛如失去感情的死神，正是左元帥。

「先下手為強！」張手喊道，雙手按住地面，一根蒼天巨木從地面升起，直砸向左元帥。

「沒錯！」文祥則是雙手握拳，然後張開，兩道激烈火焰，撲向了左元帥。

兩個少年一攻左一攻右，搭配得絕妙非常。

「哼，這點能耐？」左元帥左右手伸出，兩手各自放出不同系統的能量。

迎向張手的巨木者，是金，一把收集空氣中金屬原子而形成的銳利鋼刀，巨大而兇狠，剎那間就將巨木削得粉碎。

木屑紛飛，如漫天煙塵。

另一頭，雙手火焰的文祥，則碰上了左元帥的水靈，地面上忽然翻湧出數人高的大浪，從天而降，蓋住了火焰，火焰轟然熄滅。

取而代之的，是遮住視線的騰騰蒸氣。

然後，在這一秒，左元帥忽然意識到，不對勁。

無論是滿天木屑或是騰騰蒸氣，都讓他失去了視覺。

而失去視覺的代價……

「就是，」文祥在這一剎那，已經出現在左元帥的左下方，他的手上，金光燦爛。「接我的特殊能力吧！」

金光，劍。

「出絕招了啊？」左元帥眼神凌厲。

卻看到，文祥的手從金色變化成木系綠色，再從木系綠色變化成水系藍色，之後是火系紅色，土系黃色……

「五靈！」一旁的小舞和眾師兄弟同時歡呼起來，「文祥師兄已經達到五靈的境界了！」

蘊含五靈的力量，平衡而無缺陷，正是將特殊能力發揮到極致的一招。

金之劍。

文祥的手掌，啪一聲，拍中了左元帥。

這一掌，會爆發什麼威力呢？所有的人，包括一旁的道門師兄弟，甚至是一旁的蒙古兵士與右將軍們，都睜著眼睛，不想錯過接下來發生的事。

這一掌，結結實實的，拍到了左元帥的左肩。

一秒，兩秒，三秒……

等了足足三秒鐘，然後，卻什麼都沒有發生。

為什麼？難道文祥的金之劍尚未練成？難道左元帥擁有什麼祕密武器？

「你在戲弄我嗎？」左元帥灰色眼珠圓睜，左拳握緊，拳風如虎，就要掃向文祥面門。

「不。」文祥笑，「我就等你左拳用力呢。」

說完，文祥的眼睛閉上，然後張開口，吼道：

「微小的金劍！穿出他的手臂吧！」

「什麼？」左元帥一愣，忽然間覺得，自己的左臂，超乎常理的扭動起來。

而且還在脹大，脹大，彷彿左臂裡面，有什麼東西要破手而出。

「金劍，爆！」

這剎那，左元帥發出了怒吼與哀號，因為他的左手脹到極限後，然後爆開了。

無數金色的小劍，從爆開的手臂宣洩而出，宛如一條美麗而燦爛的金色河流。

只是這條金色河流點綴著點點血跡，美麗卻又殘忍。

「人家都說，金是五行之中最剛硬，也最難以變化的一招。」文祥指揮著那條滔滔的微小金河。「所以這些年來，我苦思金的應用之法，才明白，將金化成極小，方能展現金的至柔。」

砰！

文祥的話才說完，忽然，他看到眼前的左元帥已經撲來了。

五色靈力在左元帥的拳頭上盤旋，根本連眨眼都來不及，已經到了文祥的胸口。

「好快！」文祥甚至還來不及喚回他的金劍細河，砰然一聲，他的肋骨就斷了數根。

文祥口吐鮮血，往後飛去，可是文祥還在空中飛著，尚未落地，左元帥又追上來了，憤怒的左元帥右拳又揮出，文祥如風箏般往上彈去。

才飛上去沒幾公尺，左元帥又追上，這次他高舉著僅存的右手，手上冒出熊熊的火焰。

「這拳，要你灰飛煙滅！」左元帥咆哮，然後這火焰之拳，往文祥的肚子直搗了下去。

一直處於被擊飛狀態的文祥，這一剎那間，完全沒有任何抵抗力，因為太快了，他萬萬沒想到，左元帥竟會快到這種境界。

只能眼睜睜的看著那燃著熊熊火焰的右拳，就要擊中自己的肚子。

擊中，就只有變成焦炭一途了。

可是這剎那，文祥卻沒有害怕的大叫，他只是閉上眼睛。

微笑。

「兄弟，原來你的一碗水，是這麼回事啊。」

什麼？左元帥的火焰之拳，明明擊中了文祥，卻沒有任何擊中實物的真實感，反而像是一拳打入了水裡。

左元帥低頭，發現在文祥的腹部上，出現了一個完美的水面漣漪。

「這是什麼？」

「這是我從一只破碗水中領悟出來的。」張手的聲音，從文祥的背後傳了過來，「水向來被視為最柔軟的一系，如果要召喚大浪又太耗力量，只要讓水在碗中旋轉，同樣能展現驚人力量。」

「旋轉？」

左元帥忽然感到手臂一緊，僅存的右手火焰不但被這水冷卻，這水甚至開始急旋起來。高速旋轉的水，宛如一個能扭斷的石磨，越轉越快，其力量也越來越強，暗示著未來即將可能誕生的太極旋力。

「吼。」左元帥灰色眼睛陡然收縮，他知道再轉下去，他這僅存的右手，就要報廢了。事到如今，還要保留什麼？

「五行，歸一！」左元帥發出淒厲而憤怒的咆哮。「出來吧，滅圈！」

滅圈。

登場了，左元帥的最強絕招。

戰局，即將發生天翻地覆的變化。

《外傳》第十一章 最後一戰 之三

另一邊，貓女失去了第一命。

在空中被方天畫戟直接刺穿。

「呂布戰甲！不要鬆懈！」劉禪再度按住自己的一邊鼻子，用力吸了一口氣。「這隻貓什麼沒有，命最多了。」

說完，劉禪的鼻涕再度噴出，碧綠的濃涕飛過天空，包圍了被貫穿的貓女身體。

鼻涕不斷盤旋，最後在空中乾涸，形成一個凹凸不平的綠色大球。

貓女的屍體就在球中。

「我和象神想了好久，才想出徹底滅殺貓女的方法。」劉禪喘著氣，連續噴出兩次鼻涕，已經讓他氣喘吁吁。畢竟，流鼻涕原本就不是一件多開心的事。

「貓女的復活，最大缺陷，就是會從原本的屍體誕生出生命。」劉禪冷笑，「而現在我徹底困住她了，呂布戰甲，拿起你的戟，給我插！」

插！

呂布戰甲握著自己的方天畫戟，短短的一遲疑，它不知道為何，總記得貓女在地獄遊戲時候，捧著自己的頭盔，輕輕說話的模樣。

那時，貓女說著：「戰甲，沒有了你的主人，你一定很寂寞吧？」

主人？呂布戰甲困惑著，它是否原本也有著人性呢？

是否……

「戰甲！你在遲疑什麼？你不聽濕婆的話了嗎？」

吼嗚！呂布戰甲發出一聲又像是怒吼，又像是哀號的聲音，手上的方天畫戟，狠狠地，貫入了綠色鼻涕球之中。

「給我插！」劉禪笑得好狂。「再插，讓貓女每復活一次，就再死一次！」

方天畫戟拔出，呂布戰甲又發出一聲悲嚎，再插入。

再拔出，再插入。

戟每拔一次，就是讓人觸目驚心的鮮血……

「主人，你一定在等待你的主人吧。」呂布戰甲無法思考，可是它紅眼睛中，卻不斷浮現貓女憐憫的微笑。「戰甲，我一定會幫你解脫的……」

戟拔出，再插入。

「死吧，貓女，我猜猜，妳現在還剩幾條命？三條？兩條，還是已經沒有命了？」

戟拔出，再狠狠地，狠狠地插入。

而當呂布這次拔出戟，忽然，綠球中傳來一個微弱的聲音。

「我……我不是海……我不是……河……」

劉禪先是吃驚的歪頭傾聽，然後忍不住笑了起來。「妳瘋了嗎貓女？一直重複死亡讓妳開始胡言亂語了？」

「海……納百川……我不是河……也不是海……」

「呂布戰甲，這是貓女最後一命，插下去吧！給我狠狠地，狠狠地把她絞碎！」

呂布戰甲的手高高舉起，手上的方天畫戟，發著燦爛銀光。

對不起。

呂布戰甲的手，用盡全力，甩出了方天畫戟，強大到足以貫穿太陽的力量，直落入綠色的鼻涕大球中。

方天畫戟爆著強悍的旋轉力道，不斷陷入鼻涕球中，越插越深，沒入了半支槍柄，才勉強停住。

如此暴力的插落，裡面的人肯定被徹底貫穿了。

「結束了，哈哈哈，結束了，哈哈哈哈！」劉禪發出狂笑，「我殺死地獄中最迷人可怕的暗殺傳說了，我殺死黑桃皇后了！貓女傳說結束了！」

「我很快就能進入黑榜十六強了，我會回到我的皇位上，我……」劉禪說到這裡，忽然停住，因為他似乎聽到了一個奇怪的聲音。

「我不是海……也不是川……」

「呂布戰甲，是你在講話嗎？」劉禪歪著頭往回看，旋即又笑了起來。「對喔，我忘記你沒有靈魂，你只是一個不會講話的戰鬥玩具而已啊。」

「我……是……」那微弱的聲音越來越清晰，「水。」

水？

劉禪抬頭。

他知道，聲音打哪來了？

那綠色的鼻涕球。

貓女，還活著？

不，那已經不是綠色的鼻涕球了。

因為，它現在是桃紅色了。

「這是什麼？」劉禪眼睛睜得老大，因為他不敢相信，他會看到在地獄裡面，只有傳說的高手才會出現的圖騰。

這桃紅色，不是真實的顏色，是靈力的波長，這是……

「可視靈波！」

「我不是海，不是川，海之所以能納百川，是因為，我是水。」

這剎那，鼻涕球炸開。

方天畫戟飛上天空，然後在空中分解成數十段。

每一段，都切得整整齊齊。

而呂布戰甲的胸口，則出現三道爪痕，然後又是三道，又是三道！又是三道！再三道！左三道，右三道，上下左右東西南北都是三道。

呂布戰甲，這個曾經敗貓女，奪其八命的高手，這個曾經和左元帥勢均力敵，曾經在破廟擊傷張手，來自古老三國的英雄戰意。

此刻，卻完全深陷一爪接一爪的風暴中。

無法抵抗，完全無法抵抗啊。

「戰甲。」終於，爪子停住了，戰甲紅色的眼珠，看見了那雙美麗誘人的貓眼。她輕輕的說：「安息吧，回去你的主人身邊吧。」

最後，三爪。

這爪，由上而下，從頭盔直貫穿到腳底。

然後，裂解。

戰甲整個崩裂碎解。

變成千塊萬塊，在月光下飛散開來，由無數鮮血乾涸而成的暗紅色，在此刻迷濛的月下，竟不紅了。

反而銀白純粹，彷彿夢的碎片，在夜空撒開。

謝謝。

「回家一路順風啊。」貓女笑，桃紅色的可視靈波仍在她周圍，可愛俏皮。

只是這桃紅色的女王一落地，渾身散發的殺氣，卻濃到讓人發抖。

「劉禪，竟然逃得這麼快？」貓女瞇起眼睛。「這個傢伙，真是個連丁丁都不如的傢伙，一見到情形不對就溜了啊。」

「地獄遊戲中，這傢伙一日不除，肯定會是一個大麻煩。」貓女嘆氣，轉過頭，注視著另外一頭的戰況。

另一頭，黑色的滅圈，正如君臨天下，主宰著整個戰局。

張手從破碗中領悟出來的太極之水，被眼前這個小小的黑圈給完全吞滅。

水散了，露出了水後面的張手。

赤裸裸的，毫無保護的張手。

「五行歸一，就是無。」左元帥發出震怒的吼聲，手上的滅圈直壓張手。「一切都毀滅吧！」

「不是！」張手到最後一刻，仍捍衛著師父的想法。「五行歸一，才不是無。」

「不是無？」左元帥怒笑，「那你去地獄證明自己的答案吧！」

那剎那，滅圈吞了水，連一旁急繞而來的金劍之河，都毫無抵抗的被滅圈給消化殆盡。

下一個滅圈的對象，就是張手了。

結束了嗎？

張手在此刻，沒有一點畏懼與悲傷。

他不懼死，從不懼死，只可惜在最後一刻，仍無法領略師父死前的那顆種子，以及變化成足以和左元帥一戰的力量。

可惜啊。

這一秒鐘，張手的可惜之情，卻驚變成，懊惱與恐慌。

因為，一個人影，突然從旁跳出，擋在滅圈的前面。

擋在有如死神的左元帥面前。

那個人，竟然是……

不該是她，因為如果是她，我怎麼對得起兄弟？

遠處，貓女一回頭，就見到了戰役逼近最後一刻，一碗水的特殊能力被滅圈所破，而張手陷入最驚險的危機中。

貓女見狀，就要躍起。

可是這剎那她內心卻生起一個巨大的疑惑。

張手是地獄列車中的少年H，他不該死在這裡。因為，沒有一個巨大到讓他加入獵鬼小組的理由。

沒有時間再想了，貓女的右腳往地上一踏，整個人像是閃電般飆了出去。

只是，另一個人的動作卻快了貓女一步。

這個人張開雙手，橫在執著滅圈的左元帥面前，她要替張手擋下這次的攻擊，她要犧牲，她……

這個女孩，喜歡張手嗎？

但，不是有另外一個男孩深深喜歡這女孩嗎？

貓女在這一剎那，忽然懂了。

張手的內疚，少年H的內疚，不是國仇家恨，不是無法實現的慾望，而是對自己最好朋友，最好兄弟的愧疚。

她不能死。

貓女怒吼，全身亮麗的桃紅色，膨脹到極限。

小舞一死，就失去那萬分之一的機會了，就失去帶回少年H的機會了。

其實小舞也不知道自己為什麼要跳出去。

只是她看著眼前這一場又一場驚人的戰鬥後，她的眼神卻不能控制的，停在張手的背影之上了。

或者說，從第一次去帶著大師伯的死訊，走進那間破屋的時候，她的眼神就無法離開這個男孩了。

他的笑好溫柔，他的說話很輕鬆，他的眼睛，尤其寧靜。

像是一個即將得道的僧人。

牽動著小舞的內心，小舞發現自己只要在張手的身邊，就異常的有安全感。

小舞也知道，文祥喜歡自己，要不然以文祥這種胸懷天下的人，怎麼可能一年兩次，回來探望六師叔。

可是，喜歡上了就是喜歡上了，也是無可奈何的喔。

小舞忽然懂了，她自己為什麼要跳出來。

她想要為自己這段終究沒有結局的感情，做點什麼……

就算這點「什麼」，會付出自己的生命，也沒有關係！

也沒有關係。

只要你記住我，一點點的記住我，就好。

在這最後電光石火的一瞬——

時間彷彿靜止般，小舞張開雙手的決心，張手錯愕的眼神，還有躺在地上，伸手想要阻止一切的文祥，手握滅圈，癲戰如狂的左元帥。

這一秒，時間幾乎靜止。

這一秒，就是少年H遺憾的關鍵了。

來不及了，貓女的速度再快，也不可能快過時間，也不可能快過零的這個時間……

除非……

桃紅色的可視靈波在這一瞬，脹大，發出讓所有人目眩的閃光。

而當閃光過去，那條優雅的尾巴，卻已經出現在小舞的正前方。

貓女，趕上了？

只是，貓女還沒能搞清楚發生了什麼事，她忽然感到背上一陣劇痛。

滅圈，擊中了貓女，開始分解貓女的細胞，將貓女身體的五行系統都回歸到「無」。

肺是金，歸無。肝是木，歸無。心臟是火，歸無。腎是水，歸無。脾是土，歸無。

貓女在這一刻，明白了，自己可能會死。

為了這萬分之一的機會，她會死。

她已經剩下最後一命，將永遠無法再復活了。

忽然，她笑了。

看著眼前錯愕的張手，她笑得好調皮。

「H，喜歡嗎？我的這次偷……」

只是她最後一個「襲」字尚未出口，強大的滅圈就深入了她的身體，奪取了她體內五行的運轉。

一切，都為無。

貓女的最後一命，搖搖欲墜。

對張手來說，那陣眩目的桃紅光芒過後，他內心就升起一股極度不安的感覺。直到，貓女的身體，帶著自己都不明白的錯愕，出現在小舞的面前。

直接被滅圈給擊中。

忽然，張手感到一陣來自胸口的心痛。

這是什麼痛？

張手看著眼前的貓女慢慢的倒下，忽然間，他感到一股來自心底深處，要爆炸的痛。

這痛，竟然和老僧為自己犧牲時，一模一樣。

貓女的眼睛，也和老僧完全相同，那不是怨恨的眼神，那不是憤怒的眼神，更不是絕望的眼神。那眼神，是對自己做了一件對的事情後，產生的滿足。

忽然，他又想起了師父。

五行歸一之後，如果不是毀滅，那是什麼？

就像貓女與老僧他們為了自己要保護的人而死，卻一點不痛苦，那是什麼？

那是，希望。

不，不只是希望，還要想得更深一點，什麼東西能產生「希望」？

為什麼我們會有希望？因為我們保護了什麼？

五行是構成世界萬物的根本力量，那如果世界要運轉，什麼是最重要的？

師父臨死前悟出來的東西，是種子。

種子，希望，世界運轉，滿足……難道，五行歸一的另一種解答竟是……生命。

保護另一個生命，就算犧牲了自己，依然會讓人滿足。

而種子，衍生出來的正是生命。

五行歸一，讓世界運轉的道，正是生命。

生命，才是最可貴的啊。

如此複雜的心思，卻在電光石火的瞬間，於張手的腦海內完成，而同時間，他看見貓女在笑。

然後貓女用嘴唇，輕輕說了。

「H，恭喜，我看到你的眼神回來了。」

回來了，那永遠輕鬆無畏，永遠看穿世事，永遠堅強勇敢的少年H，他的眼神回來了。戰鬥，現在才開始而已啊。

張手的手伸出，抱住貓女，然後五色靈力，同時匯聚。

「想救她？先救救你自己吧！」左元帥的右手，那道充滿戾氣的黑色滅圈逼向了張手。

「是嗎？」張手笑了，面對目前為止所向無敵的滅圈，他卻只是伸出了手。

毫不畏懼，毫不害怕，伸入了這滅圈之中。

所有人都驚叫，包括肋骨碎斷的文祥，一旁的小舞，被擊敗的右將軍，還有所有目睹滅圈可怕力量的人們。

只有一人例外，她笑得好甜。

因為她對張手有百分百的信任，一如她對少年H有絕對的信心。

不會輸。

擁有少年H眼神的人，絕對不會輸的。

然後，滅圈和張手手中的五行靈力，爆出一陣光芒，接著，一件令所有人都驚愕的事情，發生了！

左元帥開始後退，後退。

因為他手上的滅圈不但沒有吞掉張手的手，而且，滅圈上還多了一個東西。

一個所有人都睜大眼睛，驚愕無比的東西。

竟然是，一株嫩芽。

一株迎風搖擺，充滿生命力的嫩芽，竟然生長在能摧毀一切的滅圈上。

「這、這，究竟是怎麼回事？」左元帥又驚又愕，不斷的後退著。

「五行歸一，真正的解答是生命。」張手微笑，他把手上那充滿生命力的手掌移向了貓女背上，被滅圈所打中的傷口上。「這也是師父臨死前留下種子的真意。」

「不。」左元帥看著自己的滅圈，忽然間他明白了。

剛才那一瞬間短短的交手中，雖然沒有驚天動地的爆炸，更沒有粉碎時空的力量，但，他的滅圈已經沒用了。

就像是他打敗自己四師叔與五師姑的時候，奪去他們的功力一樣，他已經廢了。

「啊啊啊。」左元帥灰色眼珠，在這一瞬間收縮。

他廢了？

那些稱霸天下的野心呢？那些滅殺所有道門的惡念呢？那些強者的孤獨呢？那些……

然後，左元帥忽然覺得腹部一痛，一把鬼頭刀透了出來。

此刀透腹而出，刀尖上是點點的鮮血，鮮血不斷落下。

左元帥轉頭。

他看清楚了這個在最後時刻突襲自己的人。

右將軍。

「師父，您說亂世中，唯強者居之。」右將軍看著一手把自己培養出來的師父，眼中含淚。「所以，我知道失去力量的您比死還痛苦，所以我來送您上路了。」

「右將軍。」左元帥的手慢慢舉高，啪的一聲，拍在右將軍的腦門上，只是虛弱無力的左將軍這一掌，已經毫無傷害力。「我真搞不懂，你是恨我？還是敬我了？果然，沉默的士系，都太讓人難以理解了。」

「我恨您，也敬您，我會替您走完這條強者之路。」右將軍眼神堅毅，「就請您安心上路吧。」

「呼，命啊，我殺了自己的師父，卻死在自己的徒弟手下？從今以後，也許不該再稱你為右將軍了，該回復你的真名，忽烈。」

「師父。」右將軍的刀再度用力，然後猛力抽出，鮮血，就這樣如噴泉般往上激噴。

左元帥看著那噴泉似的鮮血，想起了他第一次見到血的時候，那時還不滿一個月，寬闊殺戮的戰場上。

那個時候，也是這麼多的血，滴在自己的身上。

卻在他因為饑餓而哇哇大哭的時候，有一雙手。

那是一雙蒼老的手，撥開了一層又一層的屍體，把他給挖了出來。

然後對著還是襁褓的左元帥笑著，「亂世中戰場誕生的孩子，要成為強者喔。」

左元帥閉上眼睛，輕輕的說：

「師父，我來了。」他笑了。「都是亂世，這都是亂世惹的禍，不是嗎？」

這個笑容，於是成為左元帥，死後凝在臉上的最後一個微笑。

《外傳》第十二章 尾聲

強敵陣亡。

戰場的紛亂停止。

兩個人，正在這片凌亂中彼此凝視。

「戰鬥結束了。」貓女望著在右將軍率領下，倉皇撤退的蒙古士兵。

「是啊，我們打敗這個大師兄了，替我師父出了一口氣了。」張手看著貓女，微笑。

「真好。」

「所以，」張手轉過頭，青春的臉龐，有著與少年H一模一樣的輕鬆溫柔微笑。「我們回家吧。」

「啊！？」貓女的表情先驚後喜，甜甜的笑了。「你記起來了。」

「是啊，或者說，我終於完成這部分的心願了。」張手，或者說少年H，看著眼前步入尾聲的戰場。

此刻的少年H，開始慢慢述說起每個人之後的歷史。

「此後，文祥會回到南方，繼續他在朝廷做大事的理念，苦諫皇帝，成為朝廷的棟樑，一直到宋朝被蒙古所滅。文祥一股傲氣，寧死不屈，成就千古佳話，無愧於師父交代他的，

『拯救黎民的亂世之劍。』」

「那小舞呢？」

「小舞經此一役，與文祥一路相伴，兩人雖然到最後都沒有結為連理，卻成為無話不談的知己，共同為結束亂世的理念奮鬥，文祥被抓去蒙古之時，小舞甚至前去劫獄，可惜另一個人算準了小舞的計謀，讓這一切功虧一簣。」

「另一個人？」

「這個人繼承了左元帥『亂世，唯強者居之』的想法，甚至將它發揚光大，成為蒙古帝國重要推手，而且比起血統不明的左元帥，此人身上有著不為人知的皇族血統，更讓他在蒙古王朝大展手腳。」少年H搖頭。「他就是右將軍。」

「原來，他這麼厲害。」貓女托住下巴。「可真是看不出來。不愧是土系的人，能夠深潛與忍耐。」

「是啊，還有我，張手，後來則選擇成立門派，將我從一碗水悟出來的武術發揚光大，我和文祥最大的不同，就是我們想要結束亂世的方法不同，他要運用大體制的力量來讓亂世終結，而我則希望透過我的武術，讓每個人都向善，都擁有保護自己的能力，人心追求寧靜，亂世自然也就結束了。」

「嗯。」貓女微笑。「你們都做得很好啊，就像你師父當時給你們選擇的……」

「呵呵，是啊，是要一碗茶，或是一把劍。」少年H瞇著眼睛笑了。「而左元帥，我們則把他葬在師父墳墓的旁邊。」

「喔?」

「無論是師父或左元帥，都是亂世強者，卻也都是孤獨之人，讓他們死後互相陪伴，也許可以談談武功，吵吵五行歸一究竟是什麼，就不會那麼孤單與寂寞啦。」

「哈哈。」貓女鼓掌，「這想法我喜歡。」

「所以，故事都說完了。」少年H伸出了手，在貓女面前。「我們是不是該……」

「是的，」貓女從後腰口袋中，掏出了那罐仙草蜜。「我們是該回家了。」

「回地獄遊戲。」

「回去面對我們未處理完的事情。」

「回家。」少年H瞇起眼睛，微笑。

「繼續我們沒有完成的偷襲之旅。」貓女大大的貓眼也瞇起。

回家了。

少年H回來了，地獄遊戲，有史以來的最高潮，即將掀起。

喝下仙草蜜後，少年H像是想到什麼似的，轉頭問貓女。「咦?我突然想到，在小舞差點被滅圈打中的時候，妳發出桃紅色可視靈波，然後就突然出現在滅圈的前面了。這到底是怎麼回事啊？」

「嘻嘻，其實我也沒有很懂。」貓女聳肩。「那一剎那，我只記得自己的力量到達頂峰。剩下就不記得了。」

「喔？」少年H沉吟。「難道，進入可視靈波的妳，又獲得什麼特殊的力量嗎？」

「也許。」貓女笑了，「而且我有一種屬於貓和女人的預感，這能力，將來一定會大大的派上用場的。」

一定，會大大派上用場的喔。

The End

地獄烽火

國家圖書館出版品預行編目資料

地獄系列. 第六部, 地獄烽火 ／ Div 著. -- 初版.
-- 臺北市：春天出版國際，2008. 02
面；　公分. --（奇幻次元；20）
ISBN 978-986-6675-11-9（平裝）
857.83

奇幻次元 22

地獄烽火

作　　者◎Div
企劃主編◎莊宜勳
封面繪圖◎Blaze
封面設計◎小美@永真急制workshop
美術設計◎陳偉哲

發 行 人◎蘇彥誠
出 版 者◎春天出版國際文化有限公司
地　　址◎台北市信義路四段458號3樓
電　　話◎02-7718-0898
傳　　真◎02-7718-2388
E-mail◎frank.spring@msa.hinet.net
網　　址◎http://www.bookspring.com.tw
部 落 格◎http://blog.pixnet.net/bookspring
郵政帳號◎19705538
戶　　名◎春天出版國際文化有限公司
法律顧問◎蕭顯忠律師事務所
出版日期◎二〇〇八年二月初版一刷
　　　　　二〇一八年一月初版三十二刷
定　　價◎220元

總 經 銷◎楨德圖書事業有限公司
地　　址◎新北市新店區復興路 45 巷 6 弄 6 號 5 樓
電　　話◎02-8919-3186
傳　　真◎02-8914-5524
印 刷 所◎鴻霖印刷傳媒事業有限公司

ISBN 978-986-6675-11-9
Printed in Taiwan